U0477676

弦铎之地

修水文化旅游丛书

主编 ◎ 梁 红　谢小明

江西高校出版社

图书在版编目(CIP)数据

弦铎之地/梁红,谢小明主编. --南昌:江西高校出版社,2021.11(2022.3 重印)

(修水文化旅游丛书)

ISBN 978-7-5762-1597-7

Ⅰ.①弦… Ⅱ.①梁… ②谢… Ⅲ.①游记—作品集—中国—当代 Ⅳ.①I267.4

中国版本图书馆 CIP 数据核字(2021)第 131518 号

出 版 发 行	江西高校出版社
社　　　址	江西省南昌市洪都北大道96号
总编室电话	(0791)88504319
销 售 电 话	(0791)88522516
网　　　址	www.juacp.com
印　　　刷	天津画中画印刷有限公司
经　　　销	全国新华书店
开　　　本	700mm×1000mm　1/16
印　　　张	9.5
字　　　数	132 千字
版　　　次	2021 年 11 月第 1 版 2022 年 3 月第 2 次印刷
书　　　号	ISBN 978-7-5762-1597-7
定　　　价	48.00 元

赣版权登字 -07-2021-862

版权所有　侵权必究

图书若有印装问题,请随时向本社印制部(0791-88513257)退换

编委会名单

主　　　任　梁　红

副 主 任　罗贤华

编委会成员（按姓氏笔画排序）

丁洪阶　卢　婧　余昌清　余　睿

冷建三　冷春晓　罗贤华　周秋平

胡江林　梁　红　谢小明　詹谷丰

廖利方　戴逢红

△ 凤喊书院

△ 濂山书院

弦/铎/之/地

△ 樊家试馆

△ 高峰书院

△ 全丰长茅余氏宗祠

△ 县城邹氏宗祠

弦/铎/之/地

△ 朱砂三重堂

◁ 吴三峰祠

△ 竹塅宝箴故居

△ 刘氏家庙远景

弦/铎/之/地

△ 黄龙宗文化园

◁ 云岩寺

△ 赤江万寿宫

◁ 南岩崖顺济亭

△ 财神庙正门

△ 龙安寨兜率寺

序

梁 红

修水是生态家园,东南九岭蜿蜒,西北黄龙昂立,"山川深重,可供游览"。独特的丘陵地貌,养育了丰富的动植物,森林覆盖率近75%。植物中的"活化石"红豆杉群落星罗棋布,动物中的"大熊猫"中华秋沙鸭定期造访。

修水书院文化繁荣,自北宋黄庭坚始祖黄中理建樱桃、芝台书院后,历朝历代都有知名书院涌现,成为培养人才的摇篮。如杭口镇双井村的高峰书院,义宁镇的鳌峰书院、凤巘书院,路口乡的云溪书院,何市镇的流芳书院等,不一而足。重视书院教育尤以陈宝箴家族为典型,其先祖以客戚身份迁宁州,栖居野山深涧,生存条件恶劣,仍不忘教子读书,建仙源书屋;待条件改善,迁桃里竹塅后,陈宝箴亲建四觉草堂、鲲池义学,延师课读,惠及邻里乡亲。众多书院的崛起,让修水文风蔚起、人才辈出,成为一种地域文化现象。如杭口双井黄姓仅宋一朝出进士48人,其中黄庭坚诗开江西一派,书法自成一家;桃里竹塅陈家,陈宝箴首倡湖南新政,陈三立为"同光体"领袖,陈寅恪为史学泰斗等,陈家三代四人被《辞海》单列条目介绍,此等殊荣,放眼全国亦属凤毛麟角。

修水不但高雅文化绵延不绝,民俗文化亦丰富多彩。如源起于宋代宫廷的"全丰花灯",融灯、戏、舞于一体,诙谐幽默,广受观众喜爱;起于明朝初年的宁河戏,典雅端庄,唱腔独特;被省政府确定为"四绿一红"重点支持的宁红茶,制作工艺独特;石呈赭碧、雕刻工艺精细、被誉为砚中精品的赭砚,广播海内外。修水哨子、采茶戏、山歌、武术、十八番等,都广为流传,深受群众的喜爱。

修水是秋收起义策源地、爆发地,工农革命军第一支部队在修水组建,第一面军旗在修水设计、制作、升起,秋收起义第一枪在修水打响。革命战争年代,修水人民反压迫、求解放,牺牲的仁人志士达10万余人,在册烈士10338人。改革开放以来,修水人民继承先烈遗志,奋战在生产建设第一线,奋战在脱贫攻坚第一线,取得了社会进步、经济繁荣的可喜成绩。其中,文旅事业作为党和政府的一项重要工作进一步加强,文旅项目快速推进,文旅产业亮点纷呈,文旅融合日益紧密。县第十八次党代会进一步明确了强工兴旅的发展战略,提出要紧紧抓住创建国家全域旅游示范区契机,把修水打造成全省一流、全国一流的"环境优美、产品优质、品牌优秀、服务优良"的国家全域旅游示范县,为文旅融合树立了新的标杆。

文化是旅游的灵魂,旅游是文化的载体,习近平总书记指出:"历史和现实都表明,一个抛弃了或者背叛了自己历史文化的民族,不仅不可能发展起来,而且很可能上演一场历史悲剧。"[1]因此,县文旅局

---

[1] 新华网.习近平:在哲学社会科学工作座谈会上的讲话[EB/OL]. (2016-05-18)[2021-10-18]. http://www.xinhuanet.com//politics/2016-05/18/c_1118891128_3.htm.

决定全面梳理修水文化旅游资源,精心编辑出版《修水文化旅游丛书》。这项工作得到了县委、县政府的大力支持,主要领导在百忙之中抽出时间,就体例、题材、篇幅、文字、创意等均提出了具体要求;社会知名人士詹谷丰、戴逢红、冷建三、冷春晓、谢小明、冷伍敏、童辉满等人分别参与了丛书的撰稿、摄影等工作,在此一并表示衷心的感谢!因时间仓促,兼之水平有限,本丛书的不足之处一定不少,敬请广大读者批评指正!

是为序。

2021 年 10 月 18 日

目录

第一辑 书　　院

修水访书院　/海　儿　001

芝台、樱桃两书院　/谢小明　004

凤巘书院：不曾消失的文化血脉　/张复林　009

濂溪书院：理学之源　/谢小明　012

高峰书院：双井遗风　/徐春林　017

何市徐氏金湖书院　/曾令生　020

梯云书院始末　/枫　叶　021

鳌峰书院：书卷莫教春色老　/徐春林　024

潇洒出尘赞云溪　/丁斌祥　026

樊家试馆：修水仅存的乡试旧址　/樊孝慈　028

育婴堂：修水早期慈善机构　/樊孝慈　029

第二辑 祠　　堂

《八贤祠志》序与题词、像赞　/龚九森　030

黄氏宗祠与黄金家规　/逸　人　034

十里长茅话余氏　/朱修林　037

凤竹堂：凤之高风　竹之亮节　/黄良军　043

朱砂瞿家三重堂　/高文瑞　048

万承风与万氏宗祠　/万耀太　050

卢氏北臣公祖堂：笑对浮烟身后名　/卢曙光　054

古城邹祠寻访记　/邹祖忠　057

冷氏祠：兴废"一枝花"　/冷　贺　060

水源王氏宗祠　/王炳祥　062

刘氏家庙札记　/刘继寿　064

由修水匡氏宗祠说开去　/匡明安　067

宗祠是宗族的灵魂
　　——记修水樊氏宗祠与人文故事　/樊协平　070

200多年的吴三峰祠　/吴　生　074

由傅氏宗祠说开去　/傅朝玄　076

第三辑　寺　　庙

神秘的寺院　/朱法元　080

雷峰古殿：白云黄鹤道人家　/朱修林　084

何市神岭：安得山僧是远公　/王贵赞　088

黄龙寺拾遗　/戴逢红　090

西峰寺传奇　/李铁岩　100

久宅何不去逍遥　/谢小明　102

修江第一禅林：云岩寺　/熊耐久　105

南崖的高度　/徐春林　108

天灯观：谁放明灯惹梦游　/冷春晓　杨列波　110

万寿宫：修水商人基因的密码　/谢小明　112

一圣仙娘今何在　/冷春晓　116

洞山寺　/熊耐久　119

财神庙　/谢小明　121

游龙安寨记　/许笑平　125

香炉山瑞庆宫　/熊耐久　127

膜拜土地话社坛　/谢小明　129

第一辑 书　　院

修水访书院

海　儿

书院是我国古代各地著名的学术中心、教育中心及文化创新与传播的基地。修水自北宋康定元年(1040)建立濂溪书院开始,在近千年历史长河中,书院林立,讲学群兴,人文蔚起。至清朝,修水不仅对前朝书院进行修葺、扩增,而且还建立了多所新书院,其境内的书院数量,位居省内前列,教学质量立潮头、领风骚。

因为古书院的建立,文化得以传播,学子得以接受各种教育,培养出了一批又一批栋梁之材。修水便有了"一门四十八进士"之说,有了"一门三太守、四代五尚书"之誉,有了"一书院兄弟十荣登进士"之传,有了"宋代分宁登进士者达171人,人才之盛,名噪江右"之赞。自唐宋至清代,修水县共有进士201名,举人317名,古代和近代县人留下各类专著200多部。修水不愧为"濂溪弦铎之地,山谷桑梓之乡""文章奥府之称",也是修水自建立书院后教育不断向前发展的真实写照。

"书院"之名,始于唐代。唐玄宗开元元年(713),将原有的藏书机构乾元院更名为丽正修书院,后改名为集贤殿书院。此书院是皇家编、校、典藏图书的地方,类似于皇家图书馆,不是教学机构。随着雕版印刷术的发展,书籍越来越多,供个人藏书、读书、治学的私人书院遂逐渐出现。而真正从事教学活动的书院大约始于中唐时期,约在唐德宗贞元年间至唐宪宗元和年间。

在唐代，修水未建立书院，其教育应是官方教学。宋代，修水教育发展很快，为修水古代教育之鼎盛时期，特别是此时书院建立，重教兴学之风颇为浓厚。当时建有芝台、樱桃、濂溪、流芳、金湖等大型书院，且在书院读书的学子，大部分学业有成，成为国家之栋梁。

至明代时书院亦呈发展状态，其数量与学额均有所增加。

至清代，修水书院已有30余所，其境内书院数量位居省内前列。据多家史料记载与统计，清朝修水中进士者83名，中举人者109名。

综观书院的历史，可知修水古书院的发展几乎与科举制度的变迁同步，宋代是科举制度发展的鼎盛时代，书院兴盛，清代光绪前，书院数量达到顶峰，但随着科举制度被废除，全国各地书院纷纷停办。

濂山、芝台、樱桃等书院，值得后人追忆与铭记。

濂山书院，北宋周敦颐创办，开修水书院之先河。北宋康定元年（1040），23岁的周敦颐被朝廷从千里之外的湖南道县调任修水主簿。在修城任职期间，他兴教育，办书院，景濂书院就是他创办的第一所书院。之后，由周敦颐在全国各地创办的多所濂溪书院等均晚建10到30年。

元至正十一年（1351），县尹罗珉、明成化间知县萧光甫与义官刘用礼父子（子刘淮）修葺景濂书院，并易名濂溪书院。崇祯年间巡抚解学龙、佥事邢大忠复加修葺，易名"濂山"，以纪念周敦颐和黄庭坚。书院明末毁于兵火。清康熙七年（1668），知州徐永龄重建书院，复称"濂溪"。不久书院又遭兵火。乾隆八年（1743），知州许渊将云崖、洞山两寺田租759石（253亩），除完漕粮及拨给普济堂谷百石外，其余全部作为书院经费，乃鼎革一新，再定名"濂山"。嘉庆、道光、咸丰、同治间，历代续捐，学资倍增。书院生员及捐银者遍及八乡，故濂山书院成为名副其实的全州"总汇"书院。同治五年（1866），书院又契买黄土岭熊家园屋宇，添建"肄业及崇祀之所"，亦署"濂山书院"。清末书院废圮，只残存房舍，新中国成立初期尚存。

芝台、樱桃书院设于布甲乡，皆宋黄中理建。中理是黄庭坚的曾祖父，为人深沉有谋，虽隐田间不求闻达，却在布甲老宅开设樱桃、芝台两学馆，当时各地士子常达数十至百余人。于是，至中理及弟中雅、中顺共生有10个儿辈，他们都就读于两馆。其中10人先后高中进士,充当国之栋梁。尤以黄灏最为突出,他游学欧阳修门下,以文学名世,与江北段少连齐名,时有"江南黄茂先,江北段少连"之誉。

鳌峰书院是修水县城如今仅存的一座书院。书院为同治八年(1869)高乡宾兴捐户所复建。书院结构简朴,独具匠心,三个天井正好形成一个天然的"品"字,使人联想到清贫乐道、品德为先的办学育人宗旨,体现了鲜明的个性特色。

在黄庭坚故里修水双井村,有一所高峰书院,它曾是我国唯一一所以书院命名的小学,现在是修水书院博物馆。高峰书院始建于明朝,因书院后有一高峰,且期望学子学攀高峰,志存高远,故名高峰书院。后该院曾多次维修,但又多次遭兵毁。现在这座书院是由九江市检察院资助重建的。书院面积达1500平方米,格局为四合院式,回形的四排房间都是教室,为激励学生的学习积极性,学校将48位进士的名字和事迹用木刻展示陈列于图书室内。为学习发扬中国优秀传统文化,在当前规定的课程外,书院还开设有国学等课程。

此外,凤巘书院是修水县城最大、制度最齐的一座古书院,其完善的教学制度,堪称古书院典范。此地因曾为工农红军第一师第一团驻地,2006年被国家定为国家级保护单位,建筑保存较为完整。

梯云书院,客家人在修水州城所建的第一所书院,其梯云意谓"登云有路志为梯"。该书院为义宁州客家人的教育振兴与义宁陈氏文化世家的迅速崛起,描绘了浓墨重彩的一笔。宋名臣徐禧祖父徐师古变卖部分田产,筹资在何市故里创办的金湖书院,可称得上是名人赋诗称赞最多的修水古书院。宋代名人苏轼、佛印、杨徵、梁白等均为该书院赋诗赞誉。

芝台、樱桃两书院

谢小明

芝台、樱桃两书院设于江西修水溪口，均为宋黄中理建。中理是黄庭坚的曾祖父，有子侄10人，就读于该两馆，以"道义相磨，才华竞爽，时人谓之'十龙'"，皆登进士第。其中茂宗才高笃行，为两馆师，茂宗弟黄注与欧阳修同科登第，过从甚密，卒后欧阳修为之铭墓，有诗文著作传世。茂宗幼弟灝（字茂先）游欧阳修门下，以文学名世，与江北段少连齐名，时有"江南黄茂先，江北段少连"之誉。书院名噪四方，求学士子纷至沓来，游学者常近百人。与欧阳修同时代的文学家宋庠、宋祁兄弟，未第时曾来游学，黄庭坚幼年时也就读于该两馆。

说起芝台、樱桃两书院，与黄庭坚教育世家有关。

宋代洪州分宁县（今江西修水）双井黄氏为著名世家大族。婺州金华人黄瞻，系黄庭坚六世祖，以策于南唐李氏朝廷，为著作佐郎，洪州分宁令。分宁本南唐与马殷犬牙相交之处。瞻为县令，使两地之民各不相侵凌，水旱相移食。故楚马氏政权亦授以兵马副使，"将楚兵20年"。后瞻弃官游湘间，因"念山川重深可以僻世，无若分宁，遂将家居"。瞻子元吉，买田，聚书，长雄一邑，始建宅于修溪之上。子弟亦有登南唐科甲者。元吉之孙中理复率其族徙居城西20里之双井。所谓双井乃是其南溪心有双井，泉水甘甜洁净，当地居民汲取造茶。双井周围产名茶，名曰双井茶，亦名洪州白茅，被评为"草茶极品"。黄中理始筑樱桃与芝台书院，广聚图籍达数万卷。诸子孙皆以文学知名，于宋为盛。四方游学者常数十百人，宋庠（字公序，996—1066）、宋祁（字子京，998—1061）兄弟亦曾"挟策来游"，后同登天圣二年（1024）进士第，庠为状元。二人均成为北宋著名的政治家、文学家。宋庠官至同中书门下平章事，著有《宋元献集》。宋祁曾任国子监直讲、太常博士、判国子监事、翰林学士、史馆修撰，曾参与庆历新政，领衔奏请兴学，与欧阳修都是著名教育家、史学家，同修《新唐书》等。宋祁官至尚书、翰林学士承旨,著有《宋景文集》。《宋史》称:"庠自应举时与祁俱以文学名擅天下。"

黄庭坚(1045—1105),字鲁直,号山谷道人,又号涪翁、黔安居士、八桂居士,是北宋时期在诗坛上能与欧阳修、苏轼齐名的大诗人。他能诗、能赋、能词、能文,又擅长书法,其中以诗的名气最大,人们常把他与苏轼并称为"苏黄"。他的诗"得法杜甫",强调诗歌的社会功用。在《戏呈孔毅父》一诗中有"文章功用不经世,何异丝窠缀露珠"句。他主张诗要创新,在《再用前韵赠子勉四首》中有"著鞭莫落人后,百年风转蓬科"句。他作诗的章法、句法、语言和风格都独造生新,求异于人。他对后世影响最深的诗论是"无一字无来处"和"点铁成金""脱胎换骨"。前者强调典故出处,后者强调变化前人言语,推陈出新。苏轼曾向朝廷推举黄庭坚代替自己出任翰林学士,并称赞黄庭坚"瑰玮之文,妙绝当世,孝友之行,追配古人"。朱熹说:"江西于诗,山谷倡之,自为一家,并不踏古人町畦。"陆九渊说他"植立不凡,斯亦宇宙之奇诡也"。黄庭坚著有《山谷集》70卷。

黄庭坚从小敏慧过人,读书数遍便能背诵,曾入家学芝台书院、樱桃书院,学习诗文、经史。他才思敏捷,有一次舅父李常(1027—1090)取架上书考问他。黄庭坚几乎无不通晓,李常十分惊奇,称赞他的求学功夫真是"一日千里"。治平四年(1067)黄庭坚中进士,先任余干县主簿,调叶县县尉。熙宁四年(1071)他参加教官试,得优等,次年调到北京国子监任教。他在北京(治大名)因受到了北京留守文彦博(1006—1097)的赏识,才得以在国子监任教达七年之久。就在这七年教学生涯中,他的学识、诗文大有进展,确实做到了教学相长。元丰元年(1078)黄庭坚将自己的诗作投送给当时已闻名四海的文学家苏轼(1037—1101),得到"超轶尘绝,独立万物之表"的赞评,于是黄庭坚的名声"始震"。黄庭坚因十分仰慕苏轼,就在苏轼门下,与秦观(1049—1100)、张耒(1054—1114)、晁补之(1053—1110)并称为"苏门四学士"。元丰三年(1080)黄庭坚入京改官,授太和知县,元丰六年(1083)改德州德平镇监。哲宗即位,太皇太后高氏听政,起用司马光(1019—1086)为相。黄庭坚被召入京任秘书郎,参加校定《资治通鉴》,又任著作郎、神宗实录检讨官、集贤校理,从事《神宗实录》的编撰工作。书成，黄庭坚升起居舍人、国史编修官。哲宗亲政，新党执掌朝政，即以"诬毁先帝""修实录不实"的罪名，将黄庭坚贬谪为涪州（治涪陵）别驾，又遣送黔州（治彭水）安置，后来又徙戎州（治宜宾市东北）。徽宗即位，太后向氏听政，旧党复起，黄庭坚又被起用。他先知舒州（治潜山县），后迁吏部员外郎，又知太平州（治当涂）。不久因徽宗起用新党，他便被免职、除名，"羁管"宜州（治宜山），终于病死宜州。南宋时他被追赠为龙图阁学士，加太师，谥文节。因为他曾经担任过国史编修官，后人常称他黄太史。

光禄君黄中理长子黄茂宗是黄庭坚伯祖。茂宗中进士后授崇信军（治随县）节度判官。茂宗以"才高笃行"为两书院的师长，所以"子弟文学渊源"，大都出于他的培育。同辈叔伯兄弟十人，据清同治《义宁州志》所载有八人中进士。《秘阁修撰黄公行状》曾记载："黄氏以儒学奋于一门，兄弟共学于修水之上芝台书院，道义相摩，才华竞爽"，"时人谓之十龙"。

十兄弟中黄注，为黄中雅之子，中理之侄。黄庭坚在《宋故南阳黄府君夫人温氏墓志铭》中称他"豪气貌四海，下笔成文章，贯穿百家事，辞妙见万物"。黄注年轻时跟黄茂宗在随州，曾与欧阳修（1007—1072）为"道义之交"。欧阳修曾为他撰墓志铭，称他"好学，尤以文章、意气自豪"，性格"素刚不苟合"，因而终身屈居下僚，"怏怏不得志"，很早就去世了。黄注著有《破碎集》《公安集》《南阳集》。黄湜亦官至朝散大夫，是黄庭坚的祖父。黄庶，黄湜之子，据《伐檀集自序》说，他从小读书就向慕"古来忠臣义士奇功大节"，"常恨身不出于其时，不得与古人上下其事"。黄庶曾撰文论"积善恶之余"说："《易》曰：积善之家必有余庆，积不善之家必有余殃。"黄庶的这种看法亦应是双井黄氏的传家格言。黄氏之裔不以世代书香、几朝官宦而"持"，所以能够"日进于德"，涌现出那么多的文化名人。黄庶曾经出任过几个州郡的佐贰官、代理康州知州，虽有较好的名声，但仕途并不得意。因而他较多着意于诗文创作和培育后代，著有《伐檀集》两卷传世，人称青社先生。他的儿子黄大临、黄庭坚、黄叔达都有文学名声。江西诗派虽然推黄庭坚为创始人，然而据《四库四书题要》的作者评论"庭坚之学"，"实自庶先倡"。

黄庭坚是北宋的文坛大师，他的同辈兄弟中亦有多人与他同时蜚声文坛。其中最出色的是黄叔敖，他是黄廉的幼子，母亲是著名学者刘涣（1000—1080）之女，舅父刘恕（1032—1078）亦是著名史学家、文学家。黄大临曾说他"初生骨骏神秀，气见万里"。他中进士后由主簿入仕，官至广东转运判官兼提举市舶、湖北转运判官、秘阁修撰，南渡后官至户部尚书、猷阁学士。叔敖的原配夫人是李常之女，继室为李莘之女，二人分封秦国、魏国夫人。李常、李莘都是当时闻人，以文学著称。苏轼有诗说："何人修水上，种此一双玉。"黄叔敖著有讲义、文集、奏议各十卷。黄大临曾称赞他"忠奋义勇，忧国爱君，壁立千仞"，当有"蟠空奇崛之语形容大节"。

黄庭坚子侄辈中名声最大的当数黄次山。次山字秀岑，宣和元年（1119）国子监上舍试名列前茅，历官扬州教授、池州（治贵池）司理参军。靖康初迁博士官，与李纲同遭谪贬。建炎初年迁尚书员外郎、京东西路安抚使、筠州（治今高安市）知州、吏部郎官。曾因在朝廷争程学的地位，而离京任湖南提刑。著有文集。

黄庭坚孙辈中名声最大的当数黄䇓（1151—1211）。黄䇓字子迈，是黄霖的儿子，外祖父夏倪，亦是"江西诗派"一员。黄䇓自幼生长在望族，肄业名书院。袁燮《秘阁修撰黄公行状》载："外氏又皆当世闻家，耳目所接，典刑犹在，清标胜韵，自然逸群，读书往往成诵，落笔无世俗态。"黄䇓以父荫补官起家龙泉（今遂川）主簿，官至大府卿，淮南转运副使，兼提刑，加秘阁修撰。袁燮称他"资性笃实，用心于内，不汲汲于荣禄"。他曾对子弟说："先太史名播海内，而官不过员郎，位不过著作。今吾德业未充，而禄位过之，岂不有愧。汝等但宜笃志力学，毋更求过人于侈靡，其有定分者，分寸不可强，枉尺直寻，徒丧所守尔。"黄䇓始终以"廉"作为家训，人们称赞他"官大屡持节，家贫犹典衣"。他的诗、字，虽祖续黄庭坚，但时现新意，自成一家。著有文集50卷。黄氏以创书院而负盛名，与黄氏有姻亲关系的李氏、洪氏、徐氏、刘氏亦皆与书院有密切的联系。建昌李氏有李氏山房，李常主之，藏书万卷，俗称李万卷。苏轼常为山房撰文记事。建昌洪氏有雷塘书院，熙宁、元丰后之主事者洪师民系黄门女婿。洪氏诸子皆从舅氏学。分宁徐禧为黄庭坚表兄,亦办有徐氏书院,虽为家塾,亦迎接四方来学之士,其子徐府为黄庭坚外甥,亦有文名。刘涣父子有西涧书院,亦为黄氏姻亲。

双井黄氏两书院不仅造就了人才辈出的黄氏子孙,而且泽及门徒、姻族,成为江南文化中心之一。黄庭坚成为诗坛领袖人物,实非偶然。

在分宁城南马家洲曾建有马洲精舍,祀黄庭坚。文及翁记称"马洲与鹿洞、鹅湖、鹭洲相颉抗",俨然为大书院。其后与濂溪书院合为濂山书院,至今尚有遗迹可寻。

凤巘书院：不曾消失的文化血脉

张复林

我与凤巘书院，是一场猝不及防的相遇。

凤巘书院，在修水县城，为清代修水著名书院，现为秋收起义修水纪念馆的组成部分——中国工农革命军第一军第一师第一团驻地旧址。朋友转来市作协写作"书院散文"的命题作文，这是当时我获得的唯一有关凤巘书院的资料。家乡的书院，我在记忆库里略略做了一番搜索，县城有肖爷巷的鳌峰书院、铁炉巷的梯云书院、老城区对面南山崖的濂溪书院，乡村有双井的高峰书院、布甲的樱台书院、路口的云溪书院，唯独没有凤巘书院。

凤巘书院，你是百年前那位曾漫步义宁古城青石板街巷的白衣秀士，还是那位心怀天下、秉烛发奋的书生，抑或是那位熟读诗书、满腹经纶的白发长者？封疆大吏陈宝箴是从你那悬挂着"为国储材"匾额的书院走出的弟子，而你与千年前那位名震京师的乡贤黄庭坚又是否有着某种必然的传承？

我只知道，对你怀抱虔敬是必须的。和历史上众多著名书院一道，凤巘书院肩负的亦是传承中华文化的使命。对于今天迟来的我，只能站立在县城凤凰山麓，或者选取城区某处热闹的街口，凭依以往拜访过的那些古书院的样式，对曾藏身县城的你做一番貌似合理、实则缺乏血肉的肤浅想象：

凤巘书院，前临修江，背倚凤凰山，参天古木掩覆，小径幽深处，门堂、亭、台、楼、轩、斋、祠堂错致。取名"魁星楼""文昌阁"的书舍中，富家子弟或寒门学子就读于此，以"天下兴亡，匹夫有责"为己任，通过科举取士为朝廷所用；或仅为社会贤达和隐逸士人聚会的一处别院，众人或品茶吟诗，或讲经论道，或针砭时弊，吸引远近学者往来于此，形成一个地方的文化盛事；抑或仅为依山一处草舍，茅房三五间，一先生，七八童子，教识"人之初，性本善"而已。

周六上午，来到秋收起义修水纪念馆，一位上了年纪的馆员告诉我，凤巘书院就在纪念馆对面,说着手一指,"街对面的团部旧址就是"。

团部旧址居然就是先前的凤巘书院,这是我怎么也没想到的。我与凤巘书院,真是一场猝不及防的相遇。迎着烈日,我疾步奔了过去。遗憾的是,团部旧址平日不对外开放,我把脑袋贴着红漆的厚重木门,通过门缝使劲往里瞅,透过由天井射下来的昏暗光线,只见原先的厅堂上,摆放着一溜桌椅板凳,桌上放置阔嘴茶壶、土碗、马灯之类。迎面的墙上悬挂着鲜艳的五星红旗,另两面墙上,绘着夺目红色箭头的大概是秋收起义作战地图吧。不能进到里面甚为遗憾,围着团部旧址,我在四周走了一遭,并拍了几张照片。耀眼的阳光下,与周边新建的高楼和热闹街市相比,盖着齐整黑瓦、飞檐翘角的团部旧址,先前的凤巘书院一角,显出一种另类的美。然而,它的突兀,它的孤零零,它的无人光顾,又是多么的寂寞,显得与当下这个商业的时代格格不入。

从几位世居县城的老者口中获知,凤巘书院是清末全县规模最大的书院,全县八乡 73 都均有学子就读于此,甚至毗邻修水的武宁、奉新、平江、通城、通山、崇阳等地亦有学子慕名而来。书院自创办始,培养了许多学有成就的人才。众多学子中,最著名的应当是曾参与戊戌变法、被光绪帝倚为重臣的湖南巡抚桃里竹塅人陈宝箴。书院鼎盛时,塾师和书童达到 1000 余人。清末书院改为义宁州高等小学堂,即为今天义宁镇第一小学前身。20 世纪六七十年代,书院曾遭红卫兵打砸,损毁严重。

在县图书馆,翻阅《修水县志》《宁州志》,我均未找到有关凤巘书院的资料,正在打算放弃时,一位朋友给我送来乡人龚良才编著的《溪山文稿》,终于从中查找到有关凤巘书院的史料性文字。原文兹录于下:

凤巘书院,位于州治北秀水门内,坐落在修水八景之一"凤巘朝阳"处(今县政府招待所所在地),清同治四年(1865)知州邓国恩倡集八乡本籍绅董按数捐费修建。书院宽 20.5 丈,长 37.5 丈,建屋三重,中为讲堂,右为山长评阅课讲卷之所,左为首事经理经费之所,前列书舍六十间,以"智、仁、圣、义、中、和"六字编号,为士子肄业之处,每岁十一月初四,八乡绅董会集一次,予聘名师,二月开课,仲冬停课。清末,奉诏改为义宁州高等小学堂,民国六年(1917)部分废,遗址曾为修水中学利用。

"书院宽 20.5 丈,长 37.5 丈,建屋三重",粗略计算一下,书院占地面积当在 9000 余平方米;"书舍六十间",以每间 15 张单人书桌计算,可容纳书童千余人。对比今日遗迹尚存的县内几家书院,如鳌峰书院、高峰书院、云溪书院,三家书院规模均相形见绌,凤巘书院"为修水清代著名书院",当属实至名归。

通过这一番走访了解,凤巘书院逐渐在我脑海浮现起来。昔日书院,高耸巍峨,前临修江,背倚凤凰山。然时序更替,岁月推移,随着新式学堂的普遍创办,书院逐渐退出历史舞台。当年的宏大和热闹,已再不属于它,岁月已将它无情消隐。

凤巘书院是孤独寂寞的,其实也是幸运的。团部旧址为它保留了极为珍贵的一角,否则,在今日城市的大拆大建中,怕早已踪迹全无。今日县城,高楼林立,商铺众多。街道上,人来人往,市面繁荣,却很少有谁知晓昔日凤巘书院所在地。即便如我,日日由团部旧址前的凤凰山路走过,却并不知晓这里有一处书院,这里曾为书声萦绕之地,甚至都不曾抬头望它一眼。今日寻访,也仅是因为完成一次命题作文,但它又似乎是一次必然要来临的相遇。站在书院的台阶,由书院一角的飞檐望过去,咫尺之遥的就是义宁镇第一小学。兴许,那些孩子正是当年就读凤巘书院的祖辈们的后代。

作为一个迟到的寻访者,我已不可能寻访到历史上真正的凤巘书院,但谁又能否定我找到了它呢。

其实,历史的凤巘书院并不曾消失,消失的只是有形的外壳,纵风雨摧折,水淹火焚,岁月侵袭,其精神与内核,依然以文化和血脉的方式,在下一辈身上流传。

濂溪书院：理学之源

谢小明

周敦颐（1017—1073），字茂叔。湖南道县人。世称濂溪先生。宋代著名思想家，理学鼻祖。著作有《太极图说》《通书》《爱莲说》，后人编为《周子全书》。宋景祐三年（1036），周敦颐20岁时，被朝廷任命为洪州分宁县（今江西修水）主簿。庆历四年（1044），28岁的周敦颐提任南安军司理参军。他在分宁任主簿4年，创县学、修水利、兴农业，风节慈爱，吏治彰彰。然公事之余，他参禅问道于佛寺道观之中，以其天资超迈而自得于心，终能有所发挥。

下面以三个事例为纲，试述周敦颐理学渊源与修水之因缘。

一、创办修水濂溪书院

修水老县城东门渡过浮桥，有一秀峰叫旌阳山，层崖壁立，截修水口。那山梁平坦处，今在建的丽景湾地产位置，曾是濂溪书院遗址。

宋景祐三年（1036），周敦颐走马担任洪州分宁县主簿，在修水任职期间县内政治清明，百业兴旺，民情淳朴，政通人和。他清廉勤勉，为学严谨，深得民心。宋庆历二年（1042）周敦颐在修水县城东门外、修河南岸风景优美的旌阳山麓创建景濂书院，设堂讲学，收徒育人。书院西侧是修河，如玉带般蜿蜒而来，酷似其家乡的濂溪，为寄托思乡之情，自号濂溪，遂将书院改名为濂溪书院，一直沿用至明嘉靖年间。明嘉靖时期在濂溪书院侧建有黄山谷寺，故明崇祯年间县人将书院改称濂山书院，以示纪念周敦颐和黄庭坚。清康熙七年（1668）书院复称濂溪书院；后来又经过嘉庆、道光、咸丰、同治等年间的续捐，使院资倍增，院产遍布全县八乡。书院分三重，讲堂→尊经阁→文昌阁，院内祭祀孔圣人塑像。两旁有房舍20余间，规模宏大。书院屡建屡修前后13次，至今仍存于黄庭坚纪念馆内。书院高人如织、鸿儒不断。据《宁州志》载，黄庭坚、苏轼、程颢、程颐、朱熹等都曾来此游学、寻访。明代哲学家、教育家王守仁,清代文学家、考据家王谟等著名学者曾主讲此书院。

除了三异其址的濂溪书院保存了下来,还将"诚""廉","仁、义、礼、智、信"等蕴含着深厚的理学思维滋生开来,成为主导修水地区在宋、元、明、清近700年的社会规范。仅宋以来当地还有几十座古书院也印下了"崇理尚德"的烙印。"考亭理学源流远,恭简勋猷德泽长""国勋已见排诸吕,家学曾经授二程"……从一些古书院、古祠堂的对联上,可见一斑。自周敦颐创濂溪书院之后,修水文运昌盛,人文蔚起,人才辈出。据史料记载,自宋至清,修水本县共有进士201名,举人317名,丞相2名,尚书16名,正一品官员3名,从一品1名,正二品5名,从二品4名,知名文学家21名。仅宋代双井村黄氏家族就出了48位进士,其中尚书4人,长茅余姓就有"一门三太守,四代五尚书",等等。

晚清王闿运联语"吾道南来,本是濂溪一脉"。修水濂溪书院旁的修河呈S型曲贯,呈太极图样,河水蜿蜒而来,河雾缥缈,有动有静,永远处于不停顿的动静交替的过程中,动时生阳,静时生阴;非有非无,但无中生有,又不是绝对的虚空。周敦颐感悟顿生,在宇宙起源问题上吸取了《道德经》的思想和佛家的观念,从而构建起儒学新的本体论和宇宙论,遂创《太极图说》。这些思想在他所著《爱莲说》《通书》《养心亭说》等作品中均有印证。

二、参研黄龙佛学

有宋一代,禅宗大行其道,禅门法匠如林,各自教化一方。士大夫参禅成风,凡闻有禅林名德,皆不辞路遥,涉水登高以相访。周敦颐概莫能外,并自称为"穷禅客"。他虽一生为官,公事之余,经常参禅问道。做分宁主簿时,他不但为官政绩显赫,而且志趣高远,博学力行,广泛地阅读、寻学,努力接触不同种类的思想。根据先哲时贤的研究,周敦颐一生参研的僧人主要有黄龙慧南、晦堂祖心(1025—1100)、真净克文(1025—1102)、东林常总(1025—1091)等致力发扬临济宗黄龙派的高僧。慧南(1002—1069)是佛教禅宗临济宗黄龙派的创始人。祖心、克文、常总均为慧南法嗣,且与周敦颐是年龄相仿的同时代人。周子在做分宁主簿时乃至以后几十年中,与黄龙高僧交谊甚密。

慧南受请至黄龙山崇恩院,大振宗风。慧南既精通禅教,又博通经史,对儒家经典见解精到。每以公案广度四众,室中尝设"佛手、驴脚、生缘"三转语以勘验学人,世称"黄龙三关"。当时,"四方学徒竭蹶恐后,虽自谓饱参者,至则抚然,就弟子之列",俗家法嗣与周敦颐、黄庭坚等友善。周子既从其扣问,于释儒二家之精义,当有所契会。当时详情今已无从查考,甚是可惜。

据《居士分灯录》记载,周敦颐曾向祖心参学受法。周敦颐初见祖心时,问禅教外别传之旨,祖心因人施教,针对儒学之士周敦颐,特意引用一代儒圣孔子的两段语录为由头,举例说明圣贤于顺缘之下,或者逆境之中,均能其乐融融,从而暗喻经典佛学也好,禅宗佛学也罢,只要能让人领悟佛性就行了。此举显出祖心随机接引之高明手段。经过祖心的点拨,周敦颐对颜子之乐,印象深刻,颇有心得。后来,他授学弟子程颢、程颐时,也以此提问二程。

周敦颐随东林常总游,受益匪浅。"《性学指要》谓:元公初与东林总游,久之无所入。总教之静坐,月余忽有得,以诗呈曰:'书堂兀坐万机休,日暖风和草自幽。谁道二千年远事,而今只在眼睛头。'总肯之,即与结青松社。"周敦颐的主静之说,或即肇端于此。周敦颐更大的收获,当是与常总讨论性理论。《居士分灯录》载:周敦颐扣东林总禅师,常总曰:"吾佛谓实际理地,即真实无妄,诚也。大哉乾元,万物资始,资此实理;乾道变化,各正性命,正此实理。天地圣人之道,至诚而已。必要著一路实地工夫,直至于一旦豁然悟入,不可只在言语上会。又尝与总论性,及理法界、事法界,至于理事交彻,泠然独会,遂著《太极图说》,语语出自东林口诀。"

周濂溪《太极图说》的哲学思想,都与黄龙佛学有极其密切的关系和迹象可寻。《居士分灯录》有记录周敦颐的言语:"吾此妙心,实启迪于黄龙,发明于佛印。然易理廓达,自非东林开遮拂拭,无由表里洞然。"可见周敦颐参研黄龙山佛道,乃是不争的事实。周濂溪与真净克文的往来后文另叙。

三、与黄庭坚书信往来

去年10月秋末,一个天气温暖的日子,我同几位文友参观了黄庭坚故居修水双井。之前虽造访几次,但这是打造AAAAA级景区后的第一次,也是收获最大的一次。当下正值丹桂飘香季,景区内除了可以享受桂香恣意的美好,还有着浓厚的人文气息。黄庭坚故居是古代建筑模样,尽管是现代翻修的,但故居里很好地还原了黄庭坚的生活场景,仿佛能看到古人真实的生活。当走进高峰书院时,可以全面了解宋代书院教育,也可以亲身体验书院情趣,集知识性、趣味性于一体,我联想起"濂溪书院"来,试想周敦颐与黄庭坚有何关系?

我回家一查资料,发现真有关系。周敦颐主政分宁主簿离任的那年,黄庭坚才出生,自然无缘亲炙濂溪先生之门。但是当庭坚长大后,他听闻周敦颐的学问与人品后,心向往之。周敦颐得知庭坚自小聪明好学,诗文超人,也很赏识黄庭坚,于是《濂溪学案》中将黄庭坚列为周敦颐的私淑弟子。

黄庭坚与周敦颐的两个儿子周寿、周焘均有交往,尤其是与其长子周寿的交往较深,并且两人曾经为同僚。朱熹曾说:"元翁(周寿)与苏(轼)、黄(庭坚)游,学佛谈禅,盖失其家学之传已久。"

就这样,周敦颐与黄庭坚便成了师徒、叔侄关系,因教学相长之需,书信往来自然甚多。下面列举一例以窥疏密。

元明之际的文士王袆在《自建昌州还经行庐山下记》中说:"真净文禅师住归宗时,濂溪周先生自南康归老九江上,黄太史以书劝先生与之游甚力。"文中的"黄太史"即黄庭坚,"真净文禅师"即慧南禅师的嗣法弟子真净克文。此信至今尚存于世,原题为《答濂溪居士》,可见是为回答周敦颐的某封书信而作。此信札云:"前辱书累纸存问,久别,怀思增深,得此,开慰多矣。文字久欲以所闻改作,多病懒放,因循至今。张南浦遣人行,适作就,忍眼痛,大字书往,不审可意否?知命、学识与笔力皆进于旧,但学道绝不知蹊径。今之学道者,类皆然尔。往虽久在江南,能明此事者,不过三数人耳。颇有聪明,善于《般若》,文句似与经教不悖。或苦行孤洁,不愧古人;或放荡独往,自能解脱。札著并不知痛痒,可叹也。公既在溢城,可那功夫过山,致敬归宗文老,此人极须倾盖乃肯动手,不然只止以宾客待耳。真实道人不易识,直须高著眼目。余事未能具到,千万珍重。"就黄庭坚信中所述的内容来看,应该是周敦颐写了一篇关于谈论佛教或者佛经的文字,请黄庭坚帮忙指正修改。黄庭坚自感于学道(学佛)却"绝不知蹊径",又感于"真实道人不易识,直须高著眼目",故建议居住在九江的周敦颐去庐山的归宗寺拜访真净克文禅师,请这位禅师帮忙指正,并强调,一定要与这位禅师倾盖相交,他才肯"动手",不然就只会以宾客的关系相待。

从黄庭坚称呼周敦颐为"濂溪居士"并要其去庐山归宗寺拜谒真净克文禅师以便向其请教的记载,以及与慧南、祖心、常总参禅记录和主政分宁创建濂溪书院的史实,可见周敦颐参研黄龙山佛道,乃是不争的事实。这足以印证"吾此妙心,实启迪于黄龙",即周敦颐理学受黄龙佛学影响很大,修水是其理学思想孕育的重要时期,也就是说周濂溪所作的《太极图说》《通书》,创立先天宇宙论思想里的佛道因素起源于修水。

高峰书院：双井遗风

徐春林

高峰书院始建于明朝，当时乡人都说"黄文节所著诗书勃奥，乃得自山林秀气"，故倡建书院于该处。后该书院曾遭兵毁。清同治年间，书院由乡人捐资重建，续因兵荒，又一度败落，光绪二十三年（1897）又进行了一些大修整。栩栩如生的先师孔子行教像可能在明朝建书院时就镶嵌其上，抑或是清同治年间或光绪二十三年重建重修时所立。现在的书院是由九江市检察院资助重建的，之后成了江西唯一一家山村书院小学。为激励学生的学习积极性，学校将48位进士的名字和事迹用碑刻展示陈列于村中道路旁。

我每年至少来双井几次，每次来都会去高峰书院。高峰书院是双井的标志性建筑，也是汇聚黄庭坚诗书的地方。虽然高峰书院与黄庭坚没有直接关联，但书院却因为传承黄庭坚精神而得到后人仰慕。双井村以书院为中心，修建了黄庭坚广场。村民又以书院为中心，在四周盖起了仿宋古楼。去双井，如果没去高峰书院，那不算是到过双井。高峰书院因为特色教育的兴起，学校也扬名远播。

双井的前面是一条河，后面是一座山。在山的左侧，离高峰书院千米远的地方有一片挺拔的白杨树。白杨树下埋葬着书法大家黄庭坚。据《宋史·黄庭坚本传》记载："大观三年（1109）苏仙固、蒋纬护柩归葬双井祖茔之西。"其墓自宋朝以来多次维修，1959年即被列为江西省文物保护单位，1982年由江西省人民政府拨款全面维修；2005年在纪念黄庭坚960周年之际，修水县人民政府再次拨款进行修葺。修复后的陵园四周护有围墙，墙外是一圈，陵园南面建有两层牌坊式门楼。门楼对着开阔的田野和远处的修河、群山，楼上方是我国书法家协会主席沈鹏先生题写的"山谷园"，左右两边是修水书法家黄君题写的"杭山拥翠碧水扬波此处诗魂称鼻祖，左史垂名右军揽胜先生笔法耀千秋"长联。

进门迎面是一尊黄庭坚的石雕像,石雕四周围铺有南京雨花石。石雕后为坐北朝南的墓茔。陵墓高 1.93 米,直径 2.76 米,墓前有四柱三碑,中碑竖刻"宋谥黄文节公之墓",左右碑刻其传略,并有"看黄庭有味,笑白发无颜"的对联,陵园内还种有花草树木,设置有供参观凭吊者休息的石凳。

每次来到这里,我都会站在墓茔前默哀几分钟。我仿佛看到了那个久远的年代,黄庭坚在街头卖字的样子。时代把他的字沦落得难以养家糊口。纷纷扬扬的雪把这个年代冰冻得更加寒冷了,他清瘦的脸变得棱角分明起来。

宋朝是中国历史上经济与文化教育最繁荣的时代之一,可在这样的一个时代,才华横溢的黄庭坚生活却是非常清贫。据史料记载,北宋徽宗即位,起任黄庭坚为监鄂州税,签书宁国军判官、舒州知州,又以吏部员外郎召用,他都推辞不就,请求为郡官,得任太平州知州,上任九天就被罢免。黄庭坚在河北时与赵挺之有些不和,赵挺之执政,转运判官陈举秉承他的意向,呈上黄庭坚写的《荆南承天院记》,指斥他对灾祸庆幸,黄庭坚再一次被除名,送到宜州管制。

赵挺之在政治上害了黄庭坚,《荆南承天院记》所写的只不过是当时的现状,赵挺之却将他按上罪名。朝廷岂会放过一个作对的官员,才华再好都不可能侥幸。赵挺之后来与蔡京争权,屡陈蔡京奸恶。大观元年(1107),蔡京再相,赵挺之罢相,之后也是走上一条枉死之路。

大观元年(1107)三月,赵挺之去世,遭蔡京诬陷,被追夺赠官,家属受株连。赵挺之三子赵明诚夫妇从此屏居青州乡里 13 年。宣和年间赵明诚先后出任莱州、淄州知州,宋高宗建炎元年(1127)起知江宁府,建炎三年(1129)移知湖州,未赴,病逝于建康。

蔡京书法上与黄庭坚并列为"苏黄米蔡",可他却以贪渎闻名。北宋末,太学生陈东上书,称蔡京为"六贼之首"。宋钦宗即位后,蔡京被贬岭南,途中死于潭州(今湖南长沙)。

从赵挺之迫害黄庭坚,到蔡京迫害赵挺之,再到宋钦宗即位蔡京被贬岭南来看,这些不怀好意的官员最终是恶有恶报。人们很少再提起赵挺之,也很少再提起蔡京。提起他们的时候,就会再次提起他们的龌龊。

历经许多个年代之后,黑白已经分明。后来人在修水县建立了黄庭坚纪念馆,黄庭坚清贫的一生受到了后人仰慕。我爷爷与父亲都爱习字,他们只是为乡邻撰写对联。爷爷除了习字外,他还特别爱看书。他年轻的时候都能完整讲出《西游记》《红楼梦》《三国演义》《水浒传》四大名著故事中的情节。村里人识字的不多,空闲时就来到我家听爷爷讲《西游记》《三国演义》的故事。我第一次听到黄庭坚的名字就是从爷爷口中,爷爷在讲完四大名著的故事之后就会接着讲本土的故事。他说黄庭坚的出生地非常神奇,出的进士也很多。黄庭坚几岁就会写诗,之后成了江西诗派的开山鼻祖。爷爷讲得出奇,我们也听得有滋有味。

爷爷说黄庭坚官职卑微,可他是个为百姓着想的好官,一生受尽了折磨,被奸臣残害。听了爷爷讲的故事后,我们都很气愤。"官"的印象在我的心中,第一次有了另外一层见解。黄庭坚的命运在他有生之年,没有因为他的书法和诗词的伟大而改变。

杭口镇在修水县不算是知名的乡镇,无论是经济还是社会发展都处在中等的位置。双井村却是修水县最有名气的村庄,因为这里是黄庭坚的出生地。

黄庭坚住过的房屋就在紧靠书院的后头。村里人在介绍黄庭坚的出生地时,只是指着后山说就在那个地方。村人说的那个地方极为普通,也就是一块长着茅草的空地。空地上的房屋早已被历史湮没,那个读书的少年今天变成了石雕。他手握着万卷经书,遥望着远方。

何市徐氏金湖书院

曾令生

从何市集镇出发往西南步行4里多有一个闻名的古庙落——当地人把它叫作"将军庙"。这"将军庙"是当地人为了纪念在守永乐城,与犯边夏兵作战而死的北宋御史中丞徐禧改称的。其实,这座"将军庙"的前身就是徐氏金湖书院。光绪三十五年(1909)当地人将徐氏金湖书院进行了维修和重建,徐氏金湖书院的遗址才保存至今。

其建筑结构是上三下三的两重围屋。前重是砖木结构,后重是土木结构,中间有一个天井。其院的右侧是一条常年流水潺潺的小河。据州志载,故址犹存,院后墓址、田土成片,仅有旧井,居民常汲水于其中。

徐氏金湖书院在宋时极负盛名,是徐禧的祖父徐师古变卖部分田产筹资在故里创办的,并延请名师授课。徐禧自幼在金湖书院受到良好的教育,可他对诗韵辞赋并无多大的兴趣,因此,他在诗韵辞赋方面没有多大的成就,也不见有诗集传世。徐禧不事科举,也未能考中进士。然而,他从小胸怀大志,常常语出惊人,受到先生的青睐。他喜好博览群书,周游四方,了解时局,关心古今事变。熙宁初期,宋神宗赵顼重用王安石、吕惠卿实行变法。此时,徐禧还只是一介布衣,而他早已写下《太平治策》三卷二十四篇,并托付其赴京师应试的弟弟转交给朝廷。王安石和吕惠卿收到徐禧的《太平治策》二十四篇后,十分欣赏,于是,徐禧由布衣充检讨,从而走上仕途。宰相王安石又将徐禧的《太平治策》呈送神宗阅览。神宗阅后,认为徐禧上书的《太平治策》切中时弊,表示赞可,随即授予徐禧镇安军节度推官、中书房习学。

元丰五年(1082),徐禧受命前往永乐,统率宋军35万筑城,在抵抗西夏军队的进攻中,徐禧死于战场,时年仅48岁,神宗帝赐金紫光禄大夫,谥号忠愍。

徐禧死后,其子孙先前葬徐禧衣冠于本县境内现山口镇来苏村,所葬之山因名为将军山,后改葬至现义宁镇安坪港梅岭。徐禧之子徐俯,因父丧国事,神宗授予通直郎,徽宗即位,又迁承议郎,为江西诗派诗人,著有《东湖诗集》六卷。

梯云书院始末

枫 叶

修水县地处湘鄂赣边界，是赣西北的一个山区，素有"八山一水半分田，半分道路和庄园"之称。全县80多万人口，客家人将近10万。这里的客家人多数是在康熙年间迁入的，当时义宁州（包括修水、铜鼓两县）因遭兵荒和水旱，死丧及背井离乡者甚众，造成境内东南部地广人稀，田地荒芜，赋粮无着。康熙十七年（1678），知州班依锦奉旨向外地招民垦荒，闽西、粤东、赣南的客家人，闻风而动，携妻负子而来，至康熙末年来宁人员数万。他们居住二三十年后，有庐墓，有的还购置了产业，但因受到本地人的排挤和歧视，被阻止入籍和参加考试，经过多次诉讼交涉，均无效果。直至雍正三年（1725），到任不久的知州刘世豪，按照定例，奉檄批准客家人入籍，另设怀远都分四都八图八十甲，从此称客家人为怀远人。入籍参加考试问题虽然得到了解决，但客家人受到歧视，地位低下一时难以消除。因此，要提高客家人的社会地位，首先要重视教育，提高文化水平，送子女入学读书。但当时没有客家人办的学校，只有本地人办的濂山书院，不吸收客家人入学，于是有的只好请老师到家里教学，有的几户联合或以姓氏合办私塾。如安乡的经魁家塾、殷氏家塾、道德家塾等十多所私塾就是这样办起来的。这些私塾由于师资水平有限，而且大多数是启蒙教育，达不到科举考试的要求，要进一步深造，就必须办一所书院，聘请名师教学。因此，在道光二十四年（1844），以大学生林汁青、贡生郑体元为首的怀远都绅士、生员等64人，倡导捐资创办梯云书院。本年四月三日具文呈请州主蒋启文批准，并请告示怀远各都踊跃捐款，按例给予奖励：凡捐银100两以内地方官奖给花红匾额，100两以上200两以内奖给九品顶戴，300两以上1000两以内奖给县垂职衔……直至30000两以上奖给道员职衔。

本年九月五日蒋启文离任，新到任知州周玉衡重申原定奖励章程。告示发出后,怀远都内人士热烈响应,踊跃捐租捐钱。四都一图宁远兴文季,听说要建立梯云书院,大家非常高兴,毅然捐出田租135石;长远兴文季是乾隆年间建立的,有田租100余石,作为奖励士子之用,现在也捐租20石;还有怀能兴文季捐租10石,加上个人捐租共捐得田租280余石。捐银的有林汁青等5人各捐320两,姚集九等110人各捐220两,共捐得银25800两(每两折钱一吊)。还有1800余人捐款,最多的100吊,最少的1吊,共捐得钱27643吊(1吊等于1000枚穿眼钱)。

本年冬12月,购买州城内铁炉巷坐北朝南的旧宅一处,一进三重,大小房间数十间,作为院址。经过改建修缮之后,书院四周有围墙,前面有门楼,高大堂皇;院内场地宽广,设有惜字亭、捐资牌。一进为公局,门悬"为国储材"匾额;二重中间为讲堂,照壁当中高挂"文昌座"匾额。从两旁耳门进入第三重,门书"尊经阁"几个大字,阁内祀奉"九天开化文昌帝君"及捐资者的长生禄位牌,按捐资多少划定等级,共有八层,按次序排列,阁上层为"奎星楼",阁左右两旁房间为山长、老师住房,官厅(会客厅)为首士宿舍。一、二重东西厢房均为学生宿舍,上下左右数十间,环绕着讲堂。书院后靠凤巘,前临修江,环境优美,规模宏大,高耸巍峨,为全县赫赫有名的学府。

书院一切大小事务,均由总理、副理筹划管理,每年10月17日由首士会议确定聘请品学兼优的饱学之士为山长主讲,预先寻访知名宿儒、举人或贡生以上出身的文学之士,经大家一致公认之人,方可聘请,不接受由衙门推荐来的人。

每年10月15日举行招生考试,录取第二年肄业学生。试前生童到礼房购买三单,填写捐款人三代姓名,送总理查验无误,然后盖章,持已盖章的三单到礼房购买试卷。15日恭请州主前来主考。取录名额,生监超等24名,特等26名,童生正课24名,附课40名。每年12月20日放假,第二年2月1日开馆。学生考试之后,根据成绩发给伙食费和赏钱。正课生每月每人发伙食费1吊,另给赏钱。第一名600文,第二名500文,其余按次例推至第五名、第六名至二十四名各赏100文。附课生每人每月发伙食费200文,不给赏钱。生监超等24名,赏钱与正课生相同。采取上述措施后,在全校树立了人人认真读书、个个求上进的良好学风。

书院兼有"宾兴"义务,设有下列奖项:贡生给花红钱6吊,中举人20吊,解元加倍;中进士40吊,会元加倍;中书主事60吊,点翰林100吊,鼎甲加倍;乡试每名科费2吊,会试每名京费20吊,不在义宁籍的不给。

清末废除科举,兴办学堂。光绪三十一年(1905)书院改称梯云高等小学堂,校址照旧。民国时期书院改称修水县私立梯云小学,六个年级200余名学生。学生来自怀远三、四都,也有少数居住在县城的本地籍人就读。抗日战争时期书院曾一度迁往山口、漫江等地。

梯云书院自创办至改称学堂、学校乃至1949年并入地方小学,近百年来,为怀远都培养了大批人才。凡是怀远三、四都学有成就的人,均在此打下坚实基础,有很多秀才、贡生、举人、进士都曾在此就读过,以此为始。怀远都各种文武公职人员莫不为该校之学生。如同治乙丑科进士、福建安溪县知县陈文凤,光绪甲午科进士郭如凤,同治举人杨春华,光绪举人李养元,还有民国时期青年军205师少将师长钟祖荫,南京中央无线电台少将台长郭播,安远县县长黄植荫,江西省民教馆馆长曾一之等均在梯云书院或梯云小学就读过。

鳌峰书院：书卷莫教春色老

徐春林

我想寻找鳌峰书院的印迹。

我在修水县城生活工作好些年，并不知道鳌峰书院的准确方位。询问过朋友，朋友说去过，在义宁镇肖爷巷北。现在只剩下半堵破墙和一扇门，墙没有了任何遮挡，可喜的是"鳌峰书院"四个字还在，坚挺在那，清晰可见。我当然高兴，文物专家考证时，光凭方位必定找不到书院的准确位置，更难寻觅它远去的历史。有了这半堵破墙和一扇门，我也不难寻找鳌峰书院的方位。

清同治八年（1869）修水县高乡众乡绅捐资兴建鳌峰书院，当时是出于让更多的人读书的目的。鳌峰书院当时兴盛修城，成为修水境内规模和影响较大的书院之一。县城变化是历史前行中必然发生的，谁也阻拦不了，也没有人去阻拦。破旧得无法实用的房屋，自然要拆除重新再建。虽然一些人牵涉到经济和情感，很不情愿，最后也是不了了之。鳌峰书院旁边的高楼大厦早已林立，以"鳌峰"为名的书院再也无法"独占鳌头"。这点也是时代发展的趋势，任何事物都会经历兴衰的过程。

修水教育史书有记载鳌峰书院的对联：鳌峰凌紫府，鸿翼搏青宫；书卷莫教春色老，诗怀常伴月华开。可见当时老师对学子的殷切期盼。

时光在指尖间缓慢流走。书院里的孩子们，伴随着书院里流失的时光都远走了。开始他们还会陆续回来，可他们的寿命比书院更短暂。他们只能在那短暂缘聚的时光里，用自己的不尽才华彰显书院的辉煌。

现在的书院变得孤零而清瘦起来。旁边林立的高楼，都是合法的建筑。从外形上看它们早已高过书院，已是挺立云霄。然而精神的书院，没有人看得见它的高度。

在鳌峰书院的门口立了一块"县级文物保护"的石碑。这是政府对它过去所做出的功劳的奖赏，实际上现在的人都在继承，只不过继承的方式已经改变了。也许,某个官员的祖辈就在这里受教育。而他血脉里流着的还是书院里的文风,只是他觉察不到,不愿意去相信这个现实罢了。任何的存在都会成为历史,这是存在最终的命运归宿。鳌峰书院呢?我想也会是如此。

实际上,现在我们想寻找半点往日的辉煌都勉为其难,可又不得不承认它的存在。《修水县志》记载,书院结构简朴,独具匠心,分为三重,下重左右各一个天井采光排水,中重有一大天井,站在大门口往里看,三个天井正好形成一个天然的"品"字。"品"凸显了鳌峰书院的特立个性,也体现了清贫乐道、品德为先的办学育人宗旨。

鳌峰书院随着一些制度的产生,留下的仅仅是一栋楼房。这栋楼有它的特定身份和地位。在那个经济不发达的年代,不能迅速摆脱"旧"的教育方式。书院还能够继续派上用场,清末被改为高等小学。而在这里学习的孩子们,仍然会受到书院学风的影响。

1942 年,县立第一中心小学由农村迁回县城时,就设立在鳌峰书院。之后,由于学生人数增长,办学条件滞后无法改善,学校撤离了书院。自此以后,鳌峰书院就终结了它的育人生涯。

书院与人一样,都有苍老离去的时候。这是自然界的轮回,万物皆是如此。我想不同的是,鳌峰书院在它特定存在的空间里已经完成了它的责任和使命。

政府在短暂的时间内不会修复这个没有用途的书院了。于我们这些写文字的人来说,当然希望存留的文化遗迹都保留下来。留下过去的一点,哪怕是微不足道的一点,都是珍贵的。一些东西消失后,永远都将不复存在。而人类需要去做的,就像是保护这书院一样,不遗余力去努力,留下那些为人类生命史做出贡献的上等财富。

鳌峰书院也许会有重见光亮的一天。这一天不知何故稍微慢了点。这也与它所处的位置是有关联的,周边的建筑把它裹得太紧,加之没有其他的景点需要开发,从旅游的角度独立修建书院的脚步可以慢下来。

书院是一座城市的文化魂魄,也是一个地方的文化标志。修水古称"文章奥府",鳌峰书院为其奠定了地位。

如今,鳌峰书院的大门重新打开。我们看到的不只是一个书院,而是一个灿烂文明的时代。

潇洒出尘赞云溪

丁斌祥

一条小路蜿蜒上,两旁"神仙"相伴行,水阁凉亭容颜改,云溪书院今犹在,梦回小塅事事幽。这里,便是路口乡小塅村。

10月26日,因为偶然的机会,在细雨茫茫中,我贸然闯入了一个山谷中,山上的森林郁郁葱葱,村前河水清澈见底,天空湛蓝深远,空气清新甜润。这个美丽的小村庄,便是路口乡小塅村,一个熟悉而又陌生的村庄,熟悉是曾经数次到过此处采访,陌生却是因与它有缘无分,每次擦肩而过。

小塅又名小洞,地处赣西北路口乡南端,东南抵古市镇,西临黄龙乡,东与该乡柏林村毗邻,北靠路口村、仙桥村,是一个山清水秀、人杰地灵、物产丰富的美丽村庄。全村平均海拔近500米,占地面积5.7平方公里,下辖10个村民小组,304户,人口1432人,总耕地面积1300亩,森林总面积4712亩。

当日上午10时许,在蒙蒙细雨中,我与友人周通、冷梦辉结伴而行,从路口乡集镇出发,驱车沿着弯曲的村级公路,行驶了3.5公里,来到了位于路口乡集镇南边的小塅村。

"小塅村一村数景,小洞山房、仙人桥、桃花寺、云溪书院,美景美不胜收。"路上,小塅村原住民冷芬中兴奋地向我们介绍家乡的美景。

怀着好奇和兴奋的心情,听着小雨与溪流在耳旁合奏的音律,望着溪中一串串的涟漪,我们在惊讶其美和感叹其绝的交谈之中,漫步向小塅村彭家庄的小洞山房旧址和云溪书院旧址处走去。

我们一行踏上了小塅村的最后一个向往之地——云溪书院。在听到云溪书院这几个字时,我便想起了白云紫绕、溪水环抱之景。行驶在坑坑洼洼的山间小路上,10余分钟的摩托车程,我们来到了位于小水源九悉山坐北朝南的山坳里,云溪书院便在眼前,同时在书院之旁,还有一座小巧的云溪寺与书院并排而立。现今的云溪书院是 2001 年捐款在原址新建的,属于砖木结构,二进式房屋,左右两旁设有两间偏房,在书院的正堂偏左边,挂有明嘉靖皇帝亲笔所书"潇洒出尘"的牌匾,赞扬丁云溪处事之道和为人之德。

云溪书院处于五座山之中,这五座山又形成五马合槽之势,犹如五匹奔腾的骏马向云溪书院飞奔而来。在云溪书院的前面,一个月牙形状的荷塘环抱着房屋,在荷塘的中间,一座石制小桥架于其上,冷芬中说原先还有两个石制小亭子立在石桥之上,与荷塘形成了小塅村著名的风景水阁凉亭,通向小塅村原先的古驿道,只是石亭现今被毁,已不知其所踪,只剩下石桥还在原处默默地坚守着曾经的美姿。

云溪书院是明朝嘉靖年间由明朝礼部省祭大夫丁云溪所建,是我县明清期间兴建的 20 所古书院之一。1527 年丁云溪因要孝奉年过百岁的父亲,在得到皇帝恩准之后辞官回家,建立云溪书院,聘请教书先生,广纳四乡八邻儿童就学,一心发展地方教育,当时慕名到书院求学的学童最高峰时超过百人。冷崇光介绍,据丁氏家谱记载,丁云溪不但参与书院管理、教育内容审定,还不时为学生授课,深得书院师生爱戴。丁云溪去世后,四乡八邻之人缅怀丁云溪之为人,当地富庶人家也捐钱捐粮,鼎力支持书院发展,历经明、清、民国而不衰,培育大批人才。

土地革命战争时期,红军队伍曾在书院创办列宁小学,抗日战争时期,国民政府在云溪书院建设国民小学。这个身居偏远的书院,见证了时代变迁,经历了历史悸动。

据悉,丁云溪辞官归家时,皇帝赐其五爪松五棵、朝珠一串、朝笏一块和香炉一只,而今,在书院旁的云溪寺里,殿堂正中的香案上供奉着的朝笏和一个香炉便是丁云溪留下的,是为纪念他开书院、启民智之功。每到年节之时,附近的村民翻山越岭来这里侍奉香火。我们听闻之后,也不禁对其深深行鞠躬之礼,感叹先生之高风亮节。

看着书院群峦环抱,层林尽染,遥想当年,在书院前数米开外的清泉之旁,学童清亮的笑语历经千百年而不绝。

樊家试馆：修水仅存的乡试旧址

樊孝慈

　　来到修水县义宁镇华光巷道的一处旧址，门楣上"樊家试馆"四个鎏金的大字赫然在目，这是樊姓族人以宗族的名义建设和经营的县城唯一的乡试考堂。该馆始建于清乾隆年间，砖木结构，四合院落造式。南北进深25米，东西宽度30米，高6米。院中顶立四方形天窗，地下与四方大天井相对，上厅堂两头有巷道，经巷道向两侧是考堂，每个考堂各有10个考试座位。全馆一次性可容纳20人进行考试，每年考试分期分批次进行。

　　该馆主要作为清末民初时期的乡试考堂，同时也兼营古代科举考试时各地应试人员的居住场所。据考证：樊氏宗族办试馆带"家"字，是为了让参试人员来到此馆有家的感觉，真正感到舒心温暖，心情放松，考试时发挥应有的才能，取得好的成绩，达到"金榜题名"的效果。

　　据《樊氏家谱》等文献考证：该试馆开办以来，除了作为考堂，平时主要是作为讲学用，是培养人才的教育基地，不仅有大批的秀才、贡生、举人和进士从这里走向仕途，而且有大批的学子在这里听过讲学，并专门请外地的学者到该馆来讲学。有的学子大半辈子的求学生涯，通过在这里的听课备考后就此起步，从此走向辉煌，财运官运亨通。

　　《樊氏家谱》记载，在此应试的樊姓族人有樊本桂、樊希英等多位在清朝考中进士，考中举人的也有多位。光绪年间在此参加考试的有举人樊秉中，他荣获光绪嘉奖"封赠同知"，分发湖南归本班前补用；后又于清光绪二年（1876），属归知府本班前补用。光绪六年（1880），他任凤凰县知府，后因有功诰授中议大夫，加四级。该馆在开办期间为义宁州培养了大批的文人学子和有识之士，是当时重要的文化教育基地，也是人才孵化基地。该馆在抗战后才停办，后为居民住宿，至2019年修水县政府出资修缮一新，古色古香，是宁州古城的重要旅游景点之一。

育婴堂：修水早期慈善机构

樊孝慈

修水育婴堂位于义宁镇万坊社区周家巷道内，始建于清宣统年间，堂屋为砖木结构，长30米、宽25米、高7米。前有大石框门和一个小圆门，从大门进，内三行，前厅短，中厅见长，中有天井，侧有厢房多间，并有开设的窗口。前厅内设有较大的抽厢，专门用于接受弃婴。凡有弃婴便放置到抽厢内，然后有人向厅堂内的工作人员报告，按程序登记并接纳弃婴，此后该弃婴便成为育婴堂的孩子而得到最好的照料。

当时，之所以在偏远的修水可以创办育婴堂，源于修水的有识之士走南闯北，看到了外地的育婴堂等慈善机构一些好的做法。民国十一年（1922）修水商会首次创办慈善救助机构，房屋概由修水商会所建。

育婴堂以实施人道主义救助和拯救孤儿为怀，主要收养失去父母和遗弃的婴幼儿，特别是收养的女婴为多，这是当时的一大进步。

育婴堂管理健全，制度严格，分工明确，设备齐全，分别设有堂长、副堂长、董事15人，内设机构有男女事务人员若干。育婴堂先后收养弃婴和孤儿2000多人，所需物资和费用由修水商会及爱心友好团体捐赠而得，当时的修水党组织、县妇联组织和"援后干事会"都向育婴堂捐赠过物资，进出账目清晰明了。

育婴堂存在于修水20多年，为修水慈善事业和抗战事业做出了很大的贡献，在采访中不少老人回忆时啧啧称赞。

1945年抗战胜利后，育婴堂按照当时的要求取消，此堂屋后成为居民的住宅，2019年由修水县人民政府出资修缮，现已按原貌整修一新，已列为宁州古城旅游开发景点之一，可供游人览胜参观。

第二辑 祠　　堂

《八贤祠志》序与题词、像赞

龚九森

说"修水英杰",必先从宋朝讲起。有宋一代,国运昌隆,人文蔚起,义宁人物当以"八贤"为翘楚。所谓"八贤",即指宋代修水籍的徐禧、黄庭坚、余玠、莫将、宋朝寅、祝彬、冷应澂、章鉴八位乡贤。

民国十一年(1922),国民军十三军少将参谋冷开运(号灵源老人)因疾辞职归乡,目睹始建元代毁于明朝的八贤祠荒废状况,邀集乡贤倡导筹资重建八贤祠。祠址在县城东北原云岩禅院右后,即今义宁镇二小之后。祠坐北朝南,建筑面积971平方米,一正二横三重。正屋分下、正、寝三堂,中以两个天井隔开。寝堂设神台,正堂祀八位乡贤牌位和画像。两边横屋各有两个天井,天井旁厅室陈列八贤文物。后来该祠因城市建设被拆除。

民国二十年(1931),冷开运又倡修《八贤祠志》,推为总纂,不顾目疾,极尽劳瘁。民国二十六年(1937),《八贤祠志》编修告成,蒋中正、孙科为之题词,李烈钧为之撰序,林森、冯玉祥、居正、戴传贤、于右任、李宗仁、邵力子、叶楚伧分别为八贤题写像赞。现将这些序言、题词、像赞辑录于后,以飨读者。

《八贤祠志》序

李烈钧

义宁人物,以宋代为最盛。余观义宁旧志,宁对一篇,八贤彪炳,未尝不悠然而思古也。夫人物之蔚兴关乎运会,而运会之隆盛必有肇端。黄文节鲁直,超轶绝尘,苏长公言之矣。自其历馆职,而涪、而黔、而戎、而荆渚、而宜州,政事文章,震古烁今。间发吟咏,亦开西江之派。徐忠愍德占,《太平治策》三卷,郑樵《通志》列入兵家边策,卒至取义成仁,身殉西厦,北狩之役。莫公少虚,握节出疆,迎銮返跸,是皆赫赫于北宋者。迨至辽金浙亡,蒙古勃兴,河阴、兴源、嘉定每战必捷,则惟四川置制使余公义夫有以致之。彼其修学养士,树德立威,尤〇矣哉。若夫襄樊受围之际,积粟缮械备仓,卒而平大寇者,非冷学士应徵之力耶?迹其规划军国,固不后于余公,匪独仁廉忠孝,著循良于德庆、广南已也。至于宋尚书之激励忠义、章丞相之持身清谨、祝翰林之学绍朱程,上窥孔孟,巍巍八贤,后先辉映。修江文献,洵莫盛于斯矣!其由高祖太宗,长养涵濡,有以绵奕,世之运会乎?虽然世变相寻,儒风凌替,高文典策,熟为征求,重以兵〇频仍,子孙迁徙,胜迹沧桑,史乘剥蚀,呜呼!文献不足杞宋,向悲此八姓之裔,所以亟欲垂诸久远者也。甲戌之秋,予造修水,与诸父老凭吊先贤遗迹,辄徘徊累日,而不忍去,顷以祠志告成,灵源老人寓书都下,请锡一言。余维流风余韵,感发兴起。其关于人心风俗,原非浅鲜,而益以属辞比事,远绍旁搜。则比诸范金铸像不尤显耶?斯编揭以例言,厘然分卷。其间有沿用旧例者,有变而不共其正者,盖古今运会之所趋,文化与之俱进未可胶柱以鼓瑟也。本承先启后之忱,殚扶世翼教之力,编摩精审,晚近其难之。他日重溯修江,吾将策杖以观后贤之盛,跄跄跻跻,接踵八贤,固可即斯编,以觇其陶成之有自也。

题修水八贤

蒋中正

邑有文献,令应孔彰。守典追远,肯构肯堂。明禋念祖,一瓣心香。发扬幽光,山高水长。

修水八贤赞

孙 科

修水山川,雄奇幽邃。笃生哲人,煜耀宋代。觥觥山谷,文章骏迈。忠愍大节,仁勇无畏。义夫治蜀,膏泽滂沛。少虚出疆,忠贞不二。宋祝冷章,文学政事。后先辉映,史册并载。奕叶流芬,人文炳蔚。俎豆馨香,八贤宛在。

徐忠愍公德占先生像赞
冯玉祥

布衣腾达,胸蟠甲兵。泾军殉节,宋殒长城。畴起文弱,儒将如公。千载亲炙,奕奕英风。

黄文节公像赞
林　森

忠孝大节,炳耀千古。不磷不淄,贞操纯固。养气浩然,塞乎宙宇。余事诗歌,西江初祖。

余义夫公像赞
于右任

十年西蜀,治臻上理。宋室屏藩,惟公是倚。功德在民,哀弥考妣。仪型百世,精神不死。

莫少虚公像赞
居　正

才足匡时,而名弗彰。力可回天,而愿克偿。瞻遗容之肃穆,宜永荐乎馨香。

宋尚书虎西遗像赞
邵力子

六百余年久,名贤事未湮。时衰空感忾,政简识弥伦。投老仍忧国,挥弋尚勉人。清芬垂道貌,祠庙肃明禋。

祝悠然先生像赞
叶楚伧

学莫切于慎独,治莫急于求贤。俯仰无愧,洵自乐其性天。本修己以衡寸,庶体用而俱全。谁克臻斯旨者,吾惟想像夫悠然。

冷公应徵遗像赞
戴传贤

起家主簿,扬历安抚。百世堪称,平寇御侮。

章公杭山赞

李宗仁

欲出匡时,而遭时之不可为。退止洁身,而未以身同天下之安危。盖其目击朝纲之败,国势之衰,徒分亡国之咎,难为大厦之支!敝屣荣利,而径去迹,悝怯而心可悲!迨以被累放归田里遨嬉。横来匿玺之谤,几于不测之罹。幸素行之高洁,终身泰而名垂。洎夫炎宋祚倾,陵谷迁移,佯狂避世,山岨水涯。虽未能扶义而起,复我邦族,要视腼颜臣妾于胡虏者,公犹不失为吾汉族男儿。

黄氏宗祠与黄金家规

逸 人

黄氏宗祠在县城有三栋。

黄姓祠堂现修复位于鹦鹉街双井黄赡孙八乡子姓宗祠,现名"先贤黄子祠"。原址是徐北垣等于乾隆四十五年(1780)十月出卖给黄姓的,道光三年(1823)重修为祠,其屋一进三重并横屋数间。1949年祠堂改为公房民居,近年政府已修复。

黄氏宗祠——课最堂(又称紫花墩祠)建于清嘉庆甲子年(1804),祀奉黄姓自南陆公始历代祖牌位,为修水所有黄姓族人共同的重要活动场所。清同治十二年(1873)《义宁州志·卷十·建置志》载:"黄氏宗祠在州治北门紫花墩下。"中华人民共和国成立后,祠宇一并充公,该祠成散原中学馆舍之一,1976年改文教局办公,后局搬迁,划归进修学校所用。课最堂为黄姓建设规模宏伟之杰构。

黄氏宗祠——壅和堂,坐落于老城区街背路,为黄氏峭山公之子庐、井二公后裔,自清初迁修后,族人于嘉庆戊寅年(1818)购得何宏远旧屋折后重建,以敬宗祖。取庐、井二支和好之义,名曰"壅和堂"。咸丰年间,修城迭遭兵燹。宗祠被烧毁,宗贤彩英等召集重建,清同治癸酉年(1873)大兴土木,修建1600余平方米,雕梁画栋,前、中重为礼乐、衣冠之地,上重为先灵栖尊场位。后重为寝室,供族人祭祀、集会重要场所。1949年后,祠宇充公为民居,2011年改为停车场。

这三个祠堂的后人在近年合修家谱,均称为分宁双井黄氏。

古艾侯的修河之滨,是濂溪弦铎之处,今日修水钟灵宝地,是庭坚桑梓之乡。从唐末宋初开始,因为分宁双井黄氏这个古老而高贵的家族定居在这里,让数百分支朝朝回首,千万江夏裔孙世代心仪。这里人杰地灵,众星闪耀,曾同时涌现出北宋年代两所最驰名的高等学府——樱桃书院、芝台书院;这里曾诞生了诗书双绝、享誉古今的一代文豪、诗人、大书法家——黄庭坚。黄庭坚(1045—1105),字鲁直,小字绳权,自号山谷道人、山谷老人、涪翁、涪皤、黔安居士、八桂老人。官至起居舍人、赠龙图阁大学士,谥文节。与苏轼并称"苏黄",为"苏门四学士"之首,开创"江西诗派",被奉为一代诗宗。其文赋骨力强、法度严;其词清丽,时有雅作;书法继往开来,卓然自成一家,为"宋四家"之一。并于绘画也堪为俊赏解人,颇有鉴赏能力。被誉为我国文化史上的"全能型""复合型"文化巨匠。一生为官忠信,为学严谨,为民道德,为子孝行,以诗书双绝、孝友双全传世追古,垂范千年。

2016年中央纪委和江西省纪委、监察厅,修水县纪委、监察局联合录制的"文坛宗师,孝廉楷模"黄庭坚专题片在中央电视台播放后,习近平总书记在多次大会讲话时给予肯定,在全国引起了学习高潮,对全国反腐倡廉是很好的正面教材。专题片中提到的黄金家规即《黄氏家规》由北宋著名诗人、书法家黄庭坚曾祖父黄中理主持制定,这为双井黄氏的兴旺发达打下了良好的根基。双井黄氏家族之所以兴旺发达,人才辈出,一个重要原因是黄氏族人一贯奉行重孝行道、重文讲礼的祖训家规。

《黄氏家规》共20条,对行孝、为友、从业、求学等方方面面进行了详细规定:对待祖宗,犹如水木之源,不可忘也;对待父母,犹如天地之大,务宜孝也;对待兄弟,犹如连枝之人,须互助也;对待邻里,犹如唇齿之依,必相敬也。它强调读书乃诚身之本,显扬宗祖之要务,后生学子务必典籍精通、文章通晓等等,不仅被本族奉为祖训,也被当地百姓奉为楷模,世称"黄金家规"。

黄氏的家规家风不仅造就了双井黄氏的繁荣,而且由一村一乡辐射到一县一州,乃至更为广泛的地区。据不完全统计,仅宋代修水县就有进士160位,其中最著名、最具影响的当属宋代大书法家、著名诗人黄庭坚。

黄庭坚关于治家之道,同样颇有心得,他晚年所作的《家戒》一文总结一些家族兴衰的原因,告诫子孙"无以小财为争,无以小事为仇""无以猜忌为心,无以有无为怀",要互相谦让、互相照顾,和睦相处,齐心协力维护好家族的传承发展。这些向儿孙们说明一个道理:家和则兴,不和则败。

2009年,黄氏后人对家规再次进行修订,在家规20条的基础上,新增"戒忤逆""戒欺弱""戒斗殴"等《家戒》10条。至此,黄氏家族形成了家规、家戒相辅相成、互为一体的家规家训体系。

庭坚家风,仪范群伦。我们以万分敬仰的心情,细究其中的奥秘。幸运的是,我们从分宁黄氏家谱中找到了答案,从今人研究的成果中找到了真谛,从纪委的号召中发现了缘由。修水黄氏人才之所以辈出,绝非这块天然宝地自然生长的,而是这个家族的发展理念"养子必教、养女必训"的高瞻远瞩使然,是这个"黄金家规,重德重能"的精心培育使然,让每一位子孙从"修身"开始,而后"齐家",而后"治国",而后"平天下"。

十里长茅话余氏

朱修林

如果说以黄庭坚为代表的杭口双井进士村是全宋时期一座巍峨的丰碑,那么以余玠为代表的、同属全宋时期的黄沙长茅余氏,因出了1名榜眼、2名探花、53名进士、2名丞相、8名尚书,且有"一门三太守,四代五尚书""兄弟九人同登龙虎榜""长茅三神童"等美誉而同样让后人叹为观止。如今,走过千年时光,十里长茅虽已不复存在,但余氏后裔却枝繁叶茂,人才辈出,分布在全国28个省市自治区和美国、日本、泰国、新加坡等地,人口达200余万。

长茅余氏是一部书,一连几个晚上,我都在这部浩瀚的书海里遨游。时光追溯到公元907年。

晚唐哀帝天祐四年(907),22岁的安徽休宁人余良高中进士,被朝廷派遣到洪州分宁(今江西修水县)任县令。在修水任上的五年时间,余良革除陋习,勤勉理政,且为人正派,办事公道,深得全县百姓的拥护和爱戴。后官升至江州(今九江市)刺史、工部尚书,可惜,只因大唐江河日下、土崩瓦解,加之五代十国乱世,民不聊生,余良空有一番抱负却无处施展,不得已辞官回老家。回到休宁的余良,想到自己为官之地修水民风淳朴,少有战乱,且山川秀美,土地肥沃,便带着父母,弟弟余从、余衮和余革,余贲、余旅、余咸、余升五个儿子,步行300余公里从休宁来到修水,落户在现在安乡十二都(今黄沙镇瑶村与黄坳乡交界处)一个叫安居坳的山上。

从此,余氏便在此繁衍生息。数百年间,科甲连珠,高官辈出,名震华夏。

在瑶村,我们见到了余良38世孙、今年68岁的村民余修文。他说:"余良迁到安居坳十余年后,大弟余从携母迁往广东韶关,二弟余衮迁往浙江钱塘。天下余氏出长茅,1100余年间,余氏繁衍生息,人数达200余万。"

为什么是长茅余氏,这里有一个比较统一的说法。

余良是位德高望重，尊贤重才，仁厚友善，广济民生的贤者。全家迁到安居坳后，家中一直养有一个闲人，十余年间从不干活，整天游手好闲。一日，闲人要告辞了，他找到余良说，这么多年，没有什么谢你，我帮你择一块阳地和一块阴地，阳地用以建房，阴地用以葬坟。

说完，他带着余良来到一块空地前，空地的正前方有一棵高大的柏树。他说："此为阳地，你要以柏树地为大门，伐柏树为门框。"接着，他又带着余良来到一处小山前，说："此为阴地，你百年之后可安葬于此。"

余良按照闲人的指点，伐柏建宅，发现这棵柏树居然是空心的，且内生有一根长一丈二的长茅，余良很是惊讶，这柏树空心内的长茅是如何长成的？没有阳光、没有空气，靠什么养活的？他百思不得其解。住宅竣工后，余良在门楣竖"长茅堂"金字巨匾。

从此，长茅余氏名扬天下。

公元966年，81岁高龄的余良在长茅去世。在阴地下葬时，家人将树藤砍去，树藤内有五只孔雀扑腾着升天；挖穴时，有三只乌龟从地底下爬出。后人便有"三乌出动，五雀升天"的传说。

如今，余良的坟茔还静静地安葬在那里，走过一千余年，荫庇万世。每年的清明前后，数千余氏后裔不惜远涉千山万水，前来长茅扫墓祭祀，寻根问祖，寄托相思。

随同采访的瑶村支部书记刘品文说，古时的长茅，包括现在的瑶村和汤桥的大部，绵延十里，所以人们又称"十里长茅"。然而，现在在长茅生活的余良后裔少之又少。一代接一代的余氏后裔外出为官，离开了故土，带走了家眷，就连家中的用人、长工都外出为官。

时光远去，故土难忘。千百年来，长茅依旧是长茅，它犹如孤独的守望者，守护着余氏的过去，守护着余氏的现在，也守护着余氏的将来。

走近瑶村长茅

"长茅风光旖旎，山形独特，历史上有'九井十八峰'之说。"瑶村支部书记刘品文说。

从安居坳往下有一条小溪，流经历史上的长茅全境，小溪溪床全由砂子构成，水流经过悄无声息，即便是洪水季节，也无水流撞击声。且溪流两岸花草丰美，香气弥漫，被当地人称为"十里秀水"。

在长茅的四周，有十八座形态各异的山峰，其中一座形如奔马，且马背上有一块方形大石，远远望去，就像是奔马背着一块大印，当地人称之为"天马驮印"。

采访期间，我们真的遇见了一位广西人驱赶着一队马儿，马儿的脖子上有"叮当"的铃声响起，远远就能听见。广西人告诉我们，他在为瑶村不远处的高山上运送物资，那里正在进行风力发电建设。

马队经过一座古桥，古桥长 10 米左右、宽 3 米左右。古桥建于北宋末年，至今有近千年历史。"叮当"的马队悠闲地从古桥上走过，我的眼前分明穿越了时光，从北宋到南宋，从南宋到元、明、清……余氏的祖先从古桥上缓缓路过，他们一步一回头，注视着我们，向我们倾诉着时光、倾诉着过往、倾诉着牵挂……

我在位于县城鹦鹉街的一栋普通的楼房里，见到了中华余氏宗亲会、余氏历史研究会的工作人员，78 岁高龄的余翠儒。我们聊了整整一个下午。他说，历史上的长茅是一个人丁兴旺、文化氛围很浓的地方，这里曾建有书院，一代又一代余氏祖先在这里读书、在这里成长，又从这里走出，很多人一别竟成为永恒，再也没有回到故乡。

沿着"十里秀水"，长茅建有九口水井。这些古井井水甘甜，族人饮之聪颖健身。每口水井均有金鱼嬉戏，若清洗井底则金鱼全无，井水复之则金鱼再现。井水水位长年平衡，多用不浅，少用不溢。如今，九口井只剩下一口。

建于五代年间的余氏宗祠，先后三次重建。2008 年再次重建，历时三年时间，2011 年建成。现在的宗祠总占地面积 4000 余平方米，宗祠内外轻金钢瓦，富丽堂皇，檐牙高啄，画栋雕梁，别具一格，颇为壮观。

余翠儒说，在瑶村，有两个传说至今让人津津乐道。

一个是关于买酒的故事。传说余良初入长茅时，家境贫寒。一日，一位中年男子从安居坳路过,见有一妇人在门前做草鞋。中年男子问妇人:"我是过路的,这里有饭吃吗?"妇人答道:"饭是没有,只有做美酒的糯米。"中年男子说:"那也行。"吃过糯米,中年男子将剩下的一部分糯米搓成米团,再将米团丢进屋前的水井。临别时,中年男子告诉妇人:"三天后这井里的第一担水为酒,第二担水为吃水。以后你每天都可以挑着米酒上街去买。"果真如中年男子所说,三天后,这井里的第一担水为米酒,挑着香甜的米酒上街出售,很受大家的欢迎。

几年后,中年男子再次经过安居坳,再遇妇人,问起水井米酒一事,妇人答道:"酒是每天都有,而且很香甜,就是没有酒糟。"中年男子听后,从水井中捞出米团,并抠出其中的少量,将米团撒在一块石头上,只见其中的一头刹那间变成了红色,那是酒糟染红的,从此,安居坳既有美酒,又有酒糟,取之不竭用之不尽。余翠儒说,如今水井已不复存在,但红色的石头还在,它就埋在安居坳的地下,我们打算将其从地底下挖出,安放于祠堂内。

另一个是关于乌龙墓的故事。

传说五代十国时期,由于处在改朝换代时期,华夏大乱,经常有战事发生。一日深夜,安居坳一带又传来了官兵的喊杀声,余氏家人纷纷逃到山里,待安顿下来不久,其中的一对夫妇发现他们年仅3个月大的儿子丢在了家中,望着山下来回走动的官兵,这对夫妇心如刀绞,他们知道,这回儿子不是被官兵杀害就是要被饿死。

整整两天两夜,官兵才离开。年轻的夫妇迫不及待地下山,他们到处找儿子都没有发现他的身影。最后,他们在床底下听到了一丝动静,趴下一看,发现儿子被自家养的一只黑狗搂在怀里,儿子正安详地吃着狗奶呢。原来,是那只黑狗将小孩咬住拖至床底下,不仅躲过了官兵,而且用自己的奶水喂饱了小孩。余氏后人对这只黑狗感激不已,黑狗去世后,他们专门为这只黑狗修建了坟墓,一直敬奉至今。

在中华民族众多的名门望族里,长茅余氏犹如灿若星河中耀眼的一颗,在纷繁的世俗里,始终以其华丽的姿态上演着一场场精彩动人的剧目。

"从长茅走出去的余氏,有许许多多的名人,历史上,最著名的恐怕要数余玠。"余翠儒说。

余玠是南宋末年著名理论家、军事家,曾任四川安抚制置使、四川总领,兼夔州路转运使。从淳祐三年到四年(1243—1244),余玠与蒙古军大小36战,战果显著。后他又率军北攻兴元府(今陕西汉中),还击退进扰成都、嘉定(今四川乐山)的蒙古军。南宋后期,蒙古军队集结几十万人进军川蜀之地。名将余玠临危受命担任川蜀地最高统帅,成功打破蒙军迅速灭蜀后顺江而下的计划。正当余玠不断高奏凯歌之时,他却受朝廷小人陷害,被朝廷用金牌召回,年仅48岁突然死去。在余玠去世26年后,南宋灭亡。后世学者将其比作与岳飞齐名的民族英雄。

数百年后,余玠被我县奉为"修水八贤"。

余翠儒说,重教育、重人才是长茅余氏的优良传统。余良在开创长茅之时,就把教育列入主题。长茅余氏先后办起了"中州书院"、"一经楼"书院、"青青轩"书院,这些书院久负盛名,时有"藏书万卷,门生三千"之誉,那时,余氏步入科甲者,无不出于这些书院。最著名的恐怕要数余夔一家,他一家出了三代尚书,四代内有进士23人,探花1人,榜眼1人,可谓是长茅余氏书香门第、衣冠之荣的典型缩影。

这些人物在《宋史》《中国人名大辞典》《宁州志》等史料中都有记载。在全宋18帝319年间,尤其提到"兄弟九人同登龙虎榜",绝古无今。南宋庆历六年(1046),礼部尚书余良肱的7个儿子和其堂兄工部尚书余从周的两个儿子为同科高中进士,"兄弟九人同登龙虎榜"的故事名震京师,在当地传为佳话。

南宋名人朱熹在宋孝宗淳熙六年(1179)为余氏所写的《重修宗谱序》中说:"'御笔亲封'一门三太守廉保重名之振,四代五尚书能为帝王分忧,守俸禄如井泉,抚百姓如妻子,显江右之文献,竖豫宁之望族。"如今长茅余姓始祖余良墓前还竖有"一门三太守,四代五尚书"字样的碑文。

北宋著名诗人、书法家黄庭坚在为长茅余氏家谱撰写的《跋》中高度评价长茅余氏:"衣冠之荣甲于修水""名节之高甲于江西""姓氏之繁甲于天下"。

历经千年，走过年华，余氏的大幕始终不曾落下。

近代中国史上，出了许许多多著名的人物，其中就有余汉谋、余家菊、余秋里、余立金等一大批大家所熟悉的人物。

不以物喜，不以己悲。如今，从晚唐的时光算起，历经五代十国和宋、元、明、清岁月的洗礼，长茅余氏愈发婀娜多姿、光彩照人，在中华民族的大家庭里生生不息，共筑辉煌。

凤竹堂：凤之高风　竹之亮节

黄良军

中国历史上名门望族、显第世家颇多，江西修水（古称义宁）陈宝箴一族即为之一。我想去探访一下陈家大屋，追溯义宁陈氏家族的历史。

一进入竹塅村上水口，映入眼帘的是陈家大屋的围门，其名曰"衡门"，上书对联为"耕读求真，修善养成百年气质；诗书为本，唯敬涵育一代风华"，凤竹堂对联为"凤鸣精神思想，已成百代楷模；竹荫人品学问，养就一门清风"。

"陈家大屋"的古宅，坐落于江西省修水县（清代称义宁州）宁州镇竹塅村，始建于清乾隆五十七年（1792）。如今这里是全国重点文物保护单位。两百多年来，这里孕育出陈宝箴、陈三立、陈衡恪、陈寅恪、陈封怀五位杰出人物，世称"陈门五杰"。这个在山旮旯里的人家，为什么能培育出这么多杰出的人才呢？走进"陈家大屋"，赫然写着"凤竹堂"三个字的匾额，或许是答案所在。

"凤竹堂"，由陈氏先祖陈腾远所取，为"凤有仁德之征，竹有君子之节"之意，旨在训导陈氏子孙仰凤凰之高风，慕劲竹之亮节。凤竹之风逐渐成为义宁陈氏一族浸入骨髓的家风传承。

凤凰象征高洁，在《庄子·秋水篇》中，庄子说凤凰"非梧桐不止，非练实不食，非醴泉不饮"，同时，凤凰又是人才、学识的象征，如汉语中用凤毛麟角、龙翰凤雏等形容稀缺的人才；而竹常常被引申为君子，象征着虚怀若谷、高节清风、坚贞不屈、昂然高挺的高尚品格。义宁陈氏将凤与竹的品质融合在一起，以儒家君子"仁"的思想为引领，进而内化为一个家族好学包容、尚德淡泊、爱国守节的凤竹家风。今天，当我们追溯义宁陈氏家族历史时，可以发现这种融合内化、持续传承的痕迹十分明显。

笃实好学

翻开古今中外众多文化世家的家族史，他们无不有着异于常人的好学精神。

　　义宁陈氏亦即如此,他们遵循以诗书立门户的祖训,从迁入修水开始就十分强调办学兴才。陈宝箴的祖父陈克绳在护仙源(陈氏迁到修水时第一个落脚点)时,刚刚立稳脚跟就创办了家塾仙源书屋。清嘉庆二十三年(1818),陈克绳主持四房分家,在分关文书中,为了鼓励族中子弟读书,对有志于科考者予以重奖。可以说,陈克绳的这些举措,促进了义宁陈氏由单纯的"耕"到"耕""读"结合,古人常说耕读传家,就是这个意思。

　　陈克绳的第四子陈伟琳,则积极参与地方公益事业,用精湛的医术施治乡里,视朋友如至亲。到陈宝箴、陈三立父子时,他们视野开阔,顺历史大势而动,开眼看世界,既站在维新变革的潮头,又反对脱离实际的冒进。这三代人逐渐将义宁陈氏的影响力由地方推向全国,而笃实好学的精神丝毫未被家族扩大的影响力损害。

　　到了陈寅恪这里,在他身上尤其能够体现义宁陈氏笃实好学的传统。陈寅恪幼时,即遍读古书,文学基础深厚。青年时,他游学多国,在柏林读书期间,和一些人外出留学只是为了镀金装门面不同,他和另外一名求学者傅斯年潜心学习,每天赶早买少量便宜面包,在图书馆一坐就是一天,常常整日没有正式进餐,也正因如此,他和傅斯年被同学们戏称为"宁国府大门前的一对石狮子"。

　　由于常年用眼过度,到了晚年,陈寅恪的视力越来越差,甚至引发了左眼视网膜剥离。虽如此,陈寅恪深邃的眼眸中依然闪烁着智慧,他的包容心让他打开一扇又一扇窗户,透过它们,看到的是学问的浩瀚大海。陈寅恪一生博览群书,了解世界各国文化,不仅通晓英、法、俄、日等十四种文字,而且对语言学、人类学等亦十分熟悉。这位史学大师著作等身,而在其著作中又处处体现了其"独立之精神、自由之思想"的学术理念。

　　然而,笃实好学的精神,假若仅在陈寅恪一人身上体现,则义宁陈氏不足为吴宓口中的"文化贵族",其兄长陈衡恪及侄陈封怀亦堪为楷模。

　　陈衡恪是成就卓然的艺术大师,十分善于观察生活,向生活学习。一次,他与鲁迅等友人在街上行走,旁边经过一个结婚仪仗队,陈衡恪认真观察,不知不觉离开了同伴。鲁迅等人发现他不见后便回头寻觅,发现他正紧跟花轿,于是大家都笑话他看新娘子入迷了,但不久之后看到《鼓吹手》等风俗画中不同人物的性格在画纸上活灵活现,大家才明白过来他的画之所以高明,不仅在于其精湛、灵动的笔法,更在于有一种较真的工匠精神。而被誉为"中国植物园之父"的陈封怀,一生致力于研究植物,将在国外学习到的理论带回国内,融入东方传统园林之美,成功创建融合东西方风格的庐山植物园。

正是因为笃实好学,又具包容之心,才使他们在不同领域开枝散叶、各领风骚。

淡泊名利

为人者,当以德行第一,其次为才学。作为深受儒家学说影响的家族,儒家"君子喻于义"的思想已经融入义宁陈氏的文化内核之中。

陈氏先祖陈腾远"重信义、轻财贿",儿子陈克绳"用孝义化服乡里",对公益事业慷慨大方,陈伟琳则乐善好施,告诫陈宝箴"成德起自困窘,败身多因得志",陈氏先人对仁德的亲身实践,深深影响着后人。

陈宝箴记住了父亲的箴言,一生淡泊,两袖清风,他所任之处均善施仁政、重视民生,将尚德精神融入施政理念之中。

陈三立秉承祖志,不爱虚名、不攀权贵,光绪十五年(1889)考中进士,授吏部主事,本应进入被他人艳羡的仕途的他,当看到"盖廷臣泄沓于内,疆臣颠顶于外,万事堕坏"时,对清朝官场的腐化极为痛心,毅然辞职,回到湖南,协助父亲推动现代化的事业。这是青年时的陈三立,晚年陈三立依旧不改其志。1932年9月,陈三立在庐山庆八十大寿,许多友人前往祝贺,其间同在庐山的蒋介石也派人送来寿礼"千金",然而陈三立却"峻拒不纳",完全不惧亦不攀蒋介石之地位、名气。他的好友、曾执掌商务印书馆多年的张元济日后有诗称赞:"衔杯一笑却千金,未许深山俗客临。介寿张筵前日事,松门高躅已难寻。"

前辈如此,后辈亦不负众望。作为"恪"字辈的族中子弟,陈衡恪、陈寅恪兄弟二人,不仅才识出众,而且人品高尚,时时谨承重德才轻名利之风。陈衡恪在北京居住时,有一位叫潘馨航的先生,对他的画十分钦慕。一次,潘先生登门请陈衡恪作画十六方,那时定的润金为每方一元,共计十六元,但潘先生认为定价太低，便给了二十元。陈衡恪不愿多收，说："我的画论价或许不止卖这些钱，但润例既定，说按规定收取，我一文也不会多收你的。"陈寅恪潜心学问，在海外留学多年，由于其不重学位之名而重学识之实，常常惜时如金，用事半功倍的方法学完自己想获得的知识，无论毕业与否便辗转他处继续学习新的知识，当他回到祖国时，竟连硕士、博士学位都未取得，为此，人们说他"是一位真正无头衔的教授"。

爱国忠信

小孝奉亲，大孝爱国。义宁陈氏多人青史留名，既得益于其先祖陈腾远留下的以孝悌为根本的家规祖训，也正如陈封雄所说，得益于"一脉相承的坚贞不屈的爱国主义思想和高尚的中国传统道德修养加上各自奋发不懈的进取精神"。

我们说，当一个民族越处于危难之中，便越能检验国人的爱国之心。从鸦片战争到新中国诞生的一百多年间，战火纷飞，民生凋敝，"陈门五杰"亦生活于此时期，凭其一家之才学、家产，或可逃离乱世去到和平之处，然而他们却选择与祖国共存亡。

陈宝箴谨记为官者要胸怀天下之道义，常常自问："是否爱民之心不诚，除害之心不切，有生心害政之事，致酿殃民之祸，中夜彷徨，如刺在背。"他深感国力衰微、民族危难，为救亡图存，在自己任官的湖南推动现代化进程，希望"营一隅为天下倡，立富强之根基"，以让国家有所依靠。

陈三立、陈寅恪父子面对日伪军的"糖衣炮弹"时，始终坚守君子之节。1937年8月，日军攻占北平，由于陈三立名望极高，日本人"欲招致先生，游说百端皆不许，说者日环伺其门"，陈三立十分忧愤并严词斥逐，后绝食五日，于当年9月14日殉国。1941年，日军占领香港后，陈寅恪一家困居于此，一时粮食奇缺，日伪军知其通晓日语，又是著名学者，便对他十分"优待"，不仅在他家门口贴上记号禁止日军骚扰，而且还送大米、面粉给他，但陈寅恪宁可典卖衣物，也绝不接受所谓"馈赠"，毅然将物品扔出门外。后来，日本人还想"以日金四十万元强付寅恪办东方文化学院"，又被他断然拒绝。由于不堪其扰，又心忧祖国，陈寅恪便带领全家离开香港,在海上,他慷慨陈词:"万国兵戈一叶舟,故丘归死不夷犹。"

而作为"封"字辈杰出人物的陈封怀,在外留学多年,深受西方文化影响,却始终有一颗中国心。1936年,陈封怀在英国取得硕士学位,其间英方以植物研究无国界为由挽留,出于对祖国的忠诚与热爱,他拒绝道:"报春花发源中国,我的根也在中国。"陈封怀毅然回国,积数年之力撰成的《中国植物志·报春花卷》获得1993年度中国科学院自然科学一等奖,而这一年,他与世长辞。

松骨竹苞,高风亮节,义宁陈氏五位杰出人物身上散发出的精神特质,既是对家族文化的继承,更是对中国传统美德的发扬。他们秉承着的凤竹家风,不仅影响着陈氏的后裔,也影响着景仰、赞叹他们的世人。

朱砂瞿家三重堂

高文瑞

刚踏进朱砂村,我便被一抹朝阳感染。江南民居,灰白相间,此时已成金黄。褐色梯田托起黄色稻秸,更显灿烂。门前一张张席子,晾晒的稻米撑出饱满的金光。主人正在地里忙碌,脸上挂着秋收的喜悦。溪水清澈,从脚下缓缓流过。近前绿树成荫,远处青山翠竹,冷暖色调搭配,好一幅江南山居图。

主人姓瞿,久居于此,几十代了。雪白的墙面泛出百十年的老旧暗黄。门上的字迹吸引了我,中间大门上写着"公共食堂",不用问,这是 20 世纪五六十年代留下的印记。两侧门上分别写着"承先""启后",便觉深奥。原来邻近有处院落,曾是学校。主人说,这是族人瞿海门在清末民初时办的义学,培养了众多贫困学子。那时的小山村能有此事,堪称创举。果然,义学曾得到总统黎元洪的表彰和题写的匾额。

村子建在溪水两岸,有座石拱桥相连接,石面因潮湿泛起青苔,时间久长,青苔演变为黑色。古时修桥,多用木制,只因石桥造价太高,非官帑莫为。而此桥也是个人出资,更为罕见。桥虽小,题名却很有寓意,石拱上刻出"步衢桥"。这与兴办义学异曲同工,对民众寄予希望,从这里走出,会是通衢大道,有着大眼光。

村东的建筑更为震撼,老屋连成一面,上下两层,一排五栋,各有名称:三重堂、上卫贤、下卫贤、新屋里、洋屋里。砖木结构,经历几百年,风雨侵蚀出了斑驳沧桑。木材虽是软木,露出部分都有雕工,刻出多种纹饰图案,刀法精美。我细心揣摩,还是看出了古人的匠心:穿斗式木构架,不用梁,而以柱直接承檩。房屋外部便能架起二层走廊,这是古时阳台,站在二层门前,通风换气,观看街景。几百年的民居留存至今,已成文物。

进入三重堂老屋,四合房围成小院,通称天井,用来采光和排水。屋顶内坡的雨水,从四面流入天井,这种江南传统的建筑方式,俗称"四水归堂"。迎面正房是大厅,高大宽敞,内里有足够的空间。中堂供祖,上方挂着红匾"德润花辉",楷书金字,极为醒目,笔力刚劲,气势贯通,张弛有致,不同凡响。从题头与落款可知,是清朝乾隆五十年(1785)二月,万承风恭贺瞿学清先生昆玉华居之庆。老屋的瞿姓主人说,万承风做过皇帝的老师,他是此地的文化名人。山村之中,挂出宫中气魄的匾额,令人刮目。

瞿是村姓。大厅两侧挂着木制板框,上书家谱,为瞿家四十四、四十五世孙撰写。仔细观看,上溯至东汉,瞿茂公任松阳太守,族人分布在南方多个省份。江西修水也有一支,九世祖瞿令奕迁至现今的黄坳乡朱砂村,繁衍生发,逐渐成为一时的名门望族。

村外溪旁,树木繁多,远远就望见粗大茂盛的古树,近看是香樟,已有300多年树龄。走向山坡,满山皆绿,林木中,还有更高树龄的。树身上贴着标牌,有千年石楠、千年红豆杉,这是植物中的活化石,极为珍贵。不禁想起村子的历史,瞿姓一族来此居住,已有千年,留存的老屋也有几百年,历经多少代人,并没砍伐树木,而是与自然合一。至今满山的绿树涵养着村民,古树也成为古村的见证。

万承风与万氏宗祠

万耀太

一

素有"帝师故里""温泉之乡"美称的黄沙镇汤桥村花园里旅游景区位于赣之西北,分宁之安乡长茅,是AAA级乡村旅游景点。总面积22.1平方公里,省道汤黄公路穿境而过,直达黄坳、武宁等地,距县城28公里,交通便捷。这里环境优美,风光秀丽,有着得天独厚的自然资源和深厚的人文底蕴。

来到帝师故里,进入汤桥花园里自然村,雄伟矗立的"太傅"牌坊和帝师万承风雕像便展现在眼前。

万承风,号世洛,字卜东,名和圃。生于乾隆十七年(1752),清义宁州安乡十二都(今修水县黄沙镇汤桥村)人。清代著名的教育家、文学家、书法家、藏书家。承风故居"古瓦山房"藏书6000余册。

万承风30岁考中进士,入值尚书房和翰林院,是旻宁(道光帝)的启蒙老师,并侍读其20载。曾任礼部侍郎、户部侍郎,以及全国多省学政,还参加过"四库全书"校编。

万承风学识渊博,治学严谨,对国家忠贞不贰。嘉庆帝称其"实心勉力,益励廉偶,乃一代良臣之首"。

清嘉庆十八年(1813),万承风因犯风疾卒于京城寓所,享年61岁。

万承风去世后,朝廷将承风遗体进行非常严格的防腐处理,于次年八月委派风水先生和承风家人一同护送帝师遗体回义宁州故里,并在棺椁鳌头镶鎏金纸鸡一只;嘉庆帝亲喻:金鸡开口遇路葬,犰叫三声真灵穴。

有道是真龙天子金口玉牙,一祝万灵。帝师遗体护送至修水湘竹邓氏宗祠门口,棺椁鳌头金鸡突然不见了,随即祠内雄鸡打鸣,祠后犰叫三声,正应嘉庆帝旨意。

后因风水先生收受邓氏祠堂总管贿赂,劝说承风子孙将遗体运回安乡长茅故里。

承风灵柩由孝眷人等守护三年,至 1815 年才得以下葬。

嘉庆二十五年(1820)嘉庆帝驾崩,旻宁即位(道光帝),钦赐恩师万承风礼部尚书,谥文恪公。

道光十二年(1832)道光帝追封万承风为"太傅",其家人均有封赐,男至一品大夫,女及太夫人,上封四代,下封三代,一门七代享恩荣。道光帝降旨修造尚书功名牌坊,并口喻:武将经此须下马,文官通过得下轿。可见道光帝对恩师的情深意笃。

原牌坊于汤桥古石桥往北数十丈远,气势宏伟,雕龙画凤,造工精良。左右两旁各嵌石碑一块,将万承风一生功绩铭刻于上。故承风功德千古传颂,承风精神万世长存。

1966 年,牌坊遭当地"造反派"炸毁,汤桥人民及万姓子孙无不痛心疾首。

2019 年冬月,万修萍先生出资重建,由原七米跨度提升为 13 米,雕工造艺不逊当年,麒麟狮象栩栩如生。多少游人过客慕名前来膜拜瞻仰。

二

通过"太傅"牌坊,顺着柏油路、林荫道,进入千米文化长廊,在这里慢慢欣赏帝师万承风生前的诗词画作,领略帝师故里的风土人情,让人驻足难舍,流连忘返。其中有一档墙体字面特别引人注目,潇洒酣畅的书法,写的是清咸丰二年(1852)由万承风主持编写,全体族人一致公认的万姓家训家规,充分宣扬了中华孝道文化和"仁、义、礼、智、信"的传统美德。

抄录如下:

重赋税以报国恩。孝父母以供子职。和兄弟以叙彝伦。隆师儒以训子弟。重婚姻以崇礼制。重丧祭以敦仁孝。培祖塚以固本根。明尊卑以饬伦纪。慎交游以端品谊。禁非为以务正业。禁斗讼以昭雍穆。正闺阃以肃家风。

这些家训家规又经后人注译成十二条谚语,让人过目难忘。

一、祖宗世世受国恩,为仕为民统一尊。国课早完守法律,好留清名与儿孙。

二、生身恩重岂能忘,禽有鸦兮兽有羊。为子若还无孝养,纵居人类是豺狼。

三、师与君亲等地天,成人明理望周全。须知授业还传道,不为区区给俸钱。

…………

十二、好将治计训儿孙,士农工商各习精。试看荒唐无赖子,因无职业误前程。

三

沿着文化长廊步步拾级而上,便来到"万氏宗祠",首先见到的是分宁万氏始祖汉臣公雕像,浓眉大眼,炯炯有神,身穿宋代朝服,手把朝笏,既有文人风度,又有官宦气魄。或许是雕塑与真实有些出入,万氏族谱记载万汉臣是宋代豫章(今南昌)小有名气的一位画家,他创作的丝绸画"百子图",长一丈二尺,宽二尺八寸,一直由万氏后人所珍藏。

巍巍中华,诸姓百强,扶风万氏,源远流长。自晋献公授姓以来,万姓已有3000余年历史,繁衍生息于浙、陕等地。后几经迁徙,现已遍及全国各地及港、澳、台地区。北宋元丰元年(1078)万汉臣兄弟三人由南昌板湖迁分宁迎鸾画坊(今修水县城),至今已有1000余年,子孙后裔分布修水、武宁、铜鼓、湖北通城等地,人口已达万余。

长茅万氏宗祠又称"汉臣公祠",坐西北,朝东南,前朝九岭,幕阜山脉交叠之处,气势磅礴。后倚大板尖神龙福地,势运昌隆。右有温泉秀水,源远流长。左临石咀水库,湖光秀色,大有海纳百川之气势。

宗祠始建于清代乾隆二十四年(1759),由万承风季祖父万来英出资倡导修建,占地2000余平方米,至今近300年历史。它是黄沙镇独树一帜的古代建筑。前门有八角亭、旗杆石、上马石,中间麻条铺设的大天井达400平方米。后为祖堂大厅,由10根名贵木料"红豆杉"大柱支撑主体建筑,过梁横匾尽皆雕龙画凤,磨砖打瓦,精工巧艺,充分彰显古代建筑之精华。左右两旁有走廊、厢房、套间,同时兴建"成孝书院"于内,并分设蒙学堂和幼学堂。

四

"汉臣公祠"和"成孝书院"落成之时,后为帝师的万承风那年正值八岁,便成了首批入学的学生之一。

从清代乾隆年间直至清光绪年间,在成孝书院(清光绪年间"成孝书院"扩建为义宁州"培元书院")接受启蒙教育,后成为朝廷官员,从一品大夫至七品县令的万姓人员就达20余人。

清乾隆四十八年(1783),万承风中进士,入值尚书房,呈本乾隆皇帝,请求将汉臣公祠加建衙式门楼(封建帝制年代衙门式建筑为官府象征),准奏。于次年将前门八角亭拆除,改建宫廷式门楼,万承风亲笔题写"汉臣公祠"木料牌匾。这在当时的修水县可谓是绝无仅有。

时至21世纪,时过境迁,宗祠已毁,亲灵已无安寝之所。前厅门楼和两侧房屋全部倒塌,正堂大厅也因土木老朽、年久失修而摇摇欲坠。

尝闻家无本则无源,宗无祠则亲涣散,万姓族人无不伤感心愧,寝食难安。

2010年春,由万氏族尊倡议修复汉臣公祠,全体族人一致赞同,皆有重修宗祠之心,再振家门之志,纷纷慷慨解囊,共筹资约30万元;一众兄弟叔伯不畏劳累,披星戴月,栉风沐雨。更有三娘四嫂,起早摸黑,烹茶煮饭,全力支持。宗祠整体工程于年底大功告成。

重修后的长茅万氏宗祠,正堂神台整齐排列着历代祖宗的牌位,常年香火炽盛。当地友族、名人赠送的多幅牌匾、诗词字画高挂中堂,荣光耀目。功德碑铭记众人孝义之举,千秋百世永久垂名。正堂大柱对联"扶风先祖,为官为民一身正气昭日月;槐里后裔,爱国爱家满腔热血写春秋",书写了万姓人刚正不阿的家国情怀和远大抱负。大门沿用宋代名家朱熹名联"地位清高,日月每从肩上过;门庭开豁,江山常在掌中看",展现帝师家族志存高远、胸怀社稷民生的精神境界。两侧修复"成孝书院"旧址,启迪人们崇文重教,激励后人奋发向上。前厅宫廷式门楼,雄壮威武,气宇轩昂。大门外双狮矗立,迎吉纳彩。祖堂内外古色古香,云集千祥。大理石制"万氏宗祠"门牌光照万代。诚乃虎跃龙蹯宏图展,人兴业旺盛世歌。

卢氏北臣公祖堂：笑对浮烟身后名

卢曙光

水源陈婆垅大屋，是卢氏北臣公祖堂所在地。同治举人、清敕授文郎卢以恕（号子道），曾在这里度过了他的少年时期。这栋建于清嘉庆辛酉年（1801）的老宅，距今已有220年历史。

这个蛰居黄龙山下的卢门世家，叔侄、兄弟、父子皆有才名，无论道德、文章都值得今人仰视。

距老宅一二里的仙人洞，留有卢以恕、卢子纯、卢子美兄弟的合葬墓，并存有《仙人洞墓碑记》。除得知卢以恕曾为癸巳、甲午乡试同考官外，子纯的介绍有"晋封奉议大夫，应试屡列前茅，惜积学未售"，子美的介绍有"清太学生，聪明才辨，人服公直"。

这篇由后人德浩撰写的碑文，不失文采，无愧世家子弟。

而筑于民国二十六年（1937）的墓室，也不是一般墓冢，它地居"黄龙山下，层峦叠嶂，迤逦东行，蜿蜒十余里，群峰护丛"。墓顶有石雕官帽，两旁有鹅形石雕相护。墓室占地约50平方米，地居牛形之下，气势不凡。

在这个大家庭中，卢以恕的叔父定山公，也有武举功名，曾有"叔侄登科"牌匾，高悬祠堂。而卢以恕的几个儿子都学有所成，出类拔萃。几个儿子中，五子早卒。长子、次子、三子、四子均为生员，也称秀才，从学业成就看，体现了家学渊源。次子景义业儒，著有《医弊录》一卷、《临证录》数卷。三子卢霈除与卢亨合著《数学简要》一种，还有《代数演草》《形学演草》《圆锥曲线演草》三种，至今在卢源老辈人口中，有"卢霈是个数学家"一说。四子卢亨有《比例级数详解》《抛物算术通解》《微积算草》《平圆求周捷法》《算学奇题求证》五种。所有著作，皆由其父以恕作序。

这不是传统意义上的书香门第，除四书五经外，兼顾现代科学，也就是说晚清学堂就出现了微积分。卢以恕父子除了对医学的传承外，对现代数学、地理的研究，已是先人一步。

晚年卢以恕与三子卢霑、四子卢亨同为凤巘书院讲席，卢霑被任命为县教育公所学务委员。他为偏僻的宁州地方接触外来文明做出了重要贡献。

卢以恕无论在外为官，还是归田在野，都坚持修身齐家，奉行家规十四条，谨记"上无负主，下无负民"的父训。

家书中有不少为人处世、劝人行善的文字，反复强调身体力行。卢以恕给妻子冷孺人信中这样写道："家妇女既不办酒食，断不可不勤纺织，尤须令其习正，不可妄言妄笑，妄走人家，盖家道之丑败，全由妇人之正歪，尔宜常常检点，勿令媳妇自逸，致滋流弊。"

他给四弟子美信中，更是叮嘱多多："他人风水我决不能悻得，凡有地师来我家切勿久留，非为旷废光阴，亦且艰于供应。究地理不如究医理，地理真诀堪舆，家书俱未明言，故地师精者甚鲜，人之贪风水者，无不被惑，若医理真诀则每书皆有，须知细心领会。家中所藏医书善本尚多，汝若为人治病，宜常展玩，免致贻误损德，慎之慎之。"

卢以恕在外经年，见多识广，又时逢西风东渐，他率先改变妇女裹脚陋习，提倡丧事莫做道场。所以在裹脚风气盛行之时，卢以恕家族独树新风，至今奉为佳话。

从所遗资料中可以查到，卢以恕为官期间，与陈宝箴父子、谭嗣同之父谭继洵、官至甘肃布政使的毛庆蕃、官至湖北布政使的瞿庚甫等都有交集。

他曾兴家国情怀，写有为数不少的文章，纵论天下大势。如《海军论》《变法续论》《能战而后论和》《与友人论变法》《与伯严》等文章，表现了一个知识分子在时代浪涛中心忧天下的焦虑。但他无意为官，淡泊名利，1891年北上京城，在给父母写的家书中有这样的记载："仕宦一途无味之至，男向于读书之余，已知大概，迨丁丑北上以后，得诸目见更觉洞悉，宦情由是益淡。住居乡僻，未曾见宦途苦况，鲜不以有官为荣，其实最为无味。"

也许正是无意官场，他将大半生精力放在教育和行医治病救人上。所以民国三年（1914），县知事蔡澄在所奉公函中这样评价卢以恕"素称积学，雅号称才,校艺鄂闱得龙门之佳士,传经修水协鹿洞之良规",充分肯定他在湖北任上选拔士子,高度赞扬他为修水地方教育所做的贡献。

卢以恕存诗不多,其中有步韵陶渊明《辛丑岁七月赴假还江陵夜行涂口》诗一首:"少有丘山爱,甘心效鸿冥。出林非吾志,田居足怡情。胡为违所愿,纡辔至南荆。凉风起秋夕,飘飘归思生。长揖谢当路,扁舟孤月明。山川一河险,遂初心自平。离鸟思故林,岂敢惮宵征。入门酌新酒,次第话农耕。相将理旧业,此外无别萦。但求不失我,浮烟身后名。"

从这些明快晓畅的文字里,一个无意功名、醉心田园的儒者形象,已是跃然纸上。

第二辑　祠　堂

古城邹祠寻访记

邹祖忠

独行莫往老城去，容易误入时光深处。

我独自行走在城北区西城一带的小巷子里，不平坦的石板街让我的目光颠簸，狭窄的街道让头顶逼仄的天幕忽明忽暗，旧砖墙和新建材混搭的房子让时光恍惚。走过黄土岭，穿行鹦鹉街，再进肖爷巷，左转右拐，眼前出现了一大片高耸的宗祠，樊祠、鲁祠、查祠、曹祠、彭祠、蓝祠等等，总共有数十栋。厚重的灰砖、雕花的门楼、桐籽油漆的门窗，古式古色，让我彻底迷失，跌进了古宁州的时空里。

明代龚暹纂修的《宁州志》卷首有一幅"义宁州州治图"，在州署的西北一带，有官祠、书院、庙、寺、殿、堂、仓、棚、厅、坊等许多建筑。据邑内贤达、原修水县文化局副局长陈跃进先生撰文介绍，就在上述建筑的中间空地，自明代中期开始，县内80余姓陆续建起了130多栋宗祠。这些宗祠的用途除了祭祖、修谱、议事外，还能作为本姓商人、学子的逆旅。经历风雨侵蚀，火患兵燹，如今仅剩30余栋。

满脑萦绕的是义宁州州治褪色的画面，眼前是黑瓦灰砖、油漆大门的鲜明实物，我走神了，仿佛自己是长衣纶巾往凤巘书院赶早课的学子，抑或是投宿家祠明早贩茶去江州的商贾。

但我今番为邹祠而来，赶紧收住遐思，往每一栋宗祠高高的匾额上寻找大大的"邹"字。走街串巷，半天寻找未果，只好咨询宗亲长者，告余曰，在东门。

依照长者在电话里的指引，我穿过修江路，通过步行街，跨越衙前大道，走完卫前街，沿站前路北行10多米，找到了东门路口。从东门路往东20米，右边有一条小巷，进小巷几米，就看见了邹氏宗祠的东墙。

邹氏宗祠和县城其他祠堂一样，新中国成立后被收归国有，由县房管局管理。房管局把这些祠堂全部分给县城的百姓居住，近几年因为发展旅游开发古城，才把他们迁出，另外择地安置。祠堂由县财政出资，本着"修旧如旧"的原则进行修缮，不久前刚刚修葺完工，其他内部摆设、文字图片部分的布置都还没有开始，大门被铁将军牢牢把守。

邹祠宽21米，进深20米，高度大约7米。花岗岩麻石的门槛门框，杉木泥瓦构建的门楼，桐油漆的厚实的杉木大门，门额上嵌有黑石牌匾，上书"邹氏宗祠"四个金色大字，门扇上两个兽首怒目衔环。墙砖都是三六九大规格的厚砖，墙的四角都嵌有"邹祠墙"三字的界址石。整个建筑方正、古朴、厚重。

无法入内，站在窗前向内窥望，只见正中有一个天井，分上、下两重。天井四周分列八间或是十间房子，看不真切。每个房间都是木柱头、木板墙、木门、砖铺地面，典型的中式风格。整个祠堂空空如也，天井里，阳光追射着地面砖缝里生出的几株狗尾巴草，让我心头产生少许的落寞哀愁。

家谱记载：乾隆二十一年(1756)，修水邹姓公众出资158两银子，从萧氏兄弟手里买得此屋，新竖门楼，作为公祠。当时宗祠的东面有占姓宗祠、马姓宗祠、邱姓宗祠，北面有号称"修江第一禅林"的云岩禅院，后来有民国重建的八贤祠，西面是何姓的屋基和万寿宫墙界，南面是万寿宫的地坪和瞿姓墙界。

购买宗祠的158两银子被派分为25股：铜鼓邹家冲一股，何市吴仙岭一股，石坳夏源二股，靖林冷水塘一股。其余20股又被分为三大股：泰乡三都二大股，东津神潭一大股。

这一记载大致反映了当时修水（包含铜鼓）邹姓的分布和各支人丁的多寡。从始祖霖公迁徙荒莽的小流，到遍布修水各地的后裔集资在州治购大屋修公祠，历经700多年！

宗祠找到了，却没有祖宗牌位供我祭拜，没有谱牒供我翻阅。但我不愿就此离开，在阶沿寻一方乌砖坐下，幽然冥思。

作为外来的客户，我初迁修水的祖先只能寻找无主的山野林莽，开荒拓野，筚路蓝缕，扎棚当屋，种薯为粮，艰难落脚。就是若干年后，从小流村再迁角头山、夏源、靖林，哪一处不是生存环境恶劣的地方？野兽横行，地瘠天干，瘴气疫病，夺人性命。祖先留下的不仅有坟茔、牌位、碑石，还有浸入岁月的血泪。我列祖列宗与天斗与地斗与兽斗与人斗,造就了隐忍、顽强、乐观、积极进取的精神。这种精神注入了每一个子孙的血脉,让他们勇往直前,从山野到平原,从乡村到都市,在创造着个体的同时也是家族的荣光。700多年不仅仅是修了一座公祠,更是铸造了一种珍贵的精神!

离开邹氏宗祠时,我看见墙边竖立着一块宣传牌,上书:一九二六年七月下旬,胡思先等人在县城青云门城楼召开秘密会议,正式成立直属中共江西地委的修水第一个党组织——中共修水支部干事会。随后,干事会把邹氏宗祠作为秘密活动地,从事党小组配合北伐、发展组织、发动工农运动等革命活动。

我心欣慰,邹氏宗祠古老的底色上叠加着革命的红色元素,在不久的将来,开放以后必定会在纷至沓来的游客面前展现出特殊的魅力。

冷氏祠：兴废"一枝花"

冷 贺

祠堂，聚族、归宗、祀祖之所也。冷姓祠堂在全县有28幢之多，几乎遍布全县。原县城冷姓宗祠又称州祠，位于紫花墩的现农业银行、原人武部所在地，在修水县城130多座祠堂中有"冷家祠堂一枝花"之称。

州祠由清同治年间武进士冷在中督修，原址为风水大师、原黄龙寺高僧司马佗所选，举全族之力于1892年破土动工，着手兴建，建筑面积2000多平方米，历时两年多告竣。据曾就读散原中学、寄宿于该祠的九十高龄的冷宗谟等老先生回忆，原县城紫花墩前有10多亩古树群，冷氏祠堂状如方井，就建在古树群中，绿树环抱，每到春暖花开，花香扑鼻，鸟语如歌，景色极美。冷氏宗祠庄严肃穆，昼夜香烟缭绕。祠前是高大的石牌坊，石牌坊为穿花石雕，雕刻的穿花石板由"八仙过海、游龙戏凤、秦琼救生、包公断案"等多块图案组成，栩栩如生，令人叹为观止。石牌坊嵌着两对"狮子滚球"，两只"石象顾子"，憨爱可亲，名曰"狮象把口"。进门为石门框，门框上刻有"祖德振千秋大业，宗功启百代文明"的对联，厚重的木门上有巨幅彩绘——秦叔宝、尉迟恭图像，誉之"门神把关"。整个建筑为砖木结构，青砖黛瓦马头墙，祠堂一进三重，上重与下重两边为走廊，有厢房。上重正面有巨大的雕花神台，供奉冷氏历代先祖牌位，祖牌黑漆金字，金碧辉煌。整个排水为四水归内，排入两边天井，再由天井排向地下排水系统。两边天井用花岗岩条石砌成，蓄水深一米，清澈见底，内有观赏鱼游弋穿梭嬉戏。两边天井中间为鹅卵石地面。下重上层为戏台，上中下三重地面是用石膏、黄土、桐油拌匀捣碎，夯实抛光的三合土地面，呈金黄色，平整光滑如镜。祠内梁柱均雕刻"双龙抱柱""双凤朝阳"各种图案，雕琢工艺为修水祠堂建筑一绝，古朴典雅而不失华丽。尤其矗立祠堂上重的穿花石雕鸟笼更是镇祠之宝，石鸟笼内有假山、小树，树上有形态各异的"小鸟"，形象逼真。冷氏祠堂在修水众多祠堂中堪称一枝独秀。

修水县城冷氏宗祠不仅是传承冷氏宗族文化经典之作,也是修水红色革命的摇篮。1927年9月罗荣桓率特务连从武汉赶到修水参加秋收起义时就驻扎在冷氏宗祠,至今秋收起义修水纪念馆陈列有秋收起义部队在冷氏宗祠驻军的照片。20世纪30年代大革命时期,冷氏宗祠是红军赤卫队驻地。国共合作时期,冷氏宗祠还是国民党革命委员会修水分会的办公场所。令人痛惜的是,这座耗资巨大,历时久远,令冷姓自豪,为修城增色,于革命有功,融古色、红色为一体的宗祠建筑,却在1958年"破四旧"的运动中,难逃厄运,惨遭毁灭,湮没在历史的长河中,留给人们的只是无限的怀念和美好的记忆。

恢复修水古城,打造旅游文化,一手托起传统,一手托起发展,按照"修旧如旧"原则续建红色遗址,复建冷氏宗祠也应当进入修水县委、县政府的古城规划,让冷氏宗祠文化之花在盛世盛开。

水源王氏宗祠

王炳祥

我的故乡是一个偏僻的小镇,叫水源乡,我所居住的村庄叫王家大屋,地处修水县西部边陲,与湖南平江、湖北通城接壤,赣、湘、鄂三省交界。村庄前临大白路,背倚黄龙山。在我的记忆里,故乡的水是甜的,空气也是甜的。

村庄很老,据长辈说有几百年历史了,由老屋、中屋、新屋三部分紧密连接构成。远远望去,村庄漂浮在成片的水田中央,似一幅天然不需雕琢的山水画。村庄基本住着王氏家族后裔,日复一日、年复一年过着扶犁掌耙、栽桑养蚕的生活。

走进老屋,脚下的石阶爬满了浅浅的青苔,石门顶部有"热第重新"四个遒劲大字。听仕荣叔辈说,"热第"寓意为显贵家族,"重新"寓意为兴旺发达,意短情长,告诫家族后裔要团结和顺、兴家振门。

步入大门是下堂,步过天井是中堂,再步过天井是上堂。两边有柱子,粗粗的,两个人才能环抱,每逢家族红白喜事,柱子上会贴满对联。上堂神台烟雾缭绕,供奉着家族先祖肖像或灵位。

这些年来,新农村建设让村庄面貌焕然一新,池塘周边增加了安全护栏,坑洼的土路修筑成了水泥路。有的家庭将旧宅进行了修缮、翻新,有的家庭因工作搬去了县城、省城,有的家庭与我一样移居沿海城市生活。

或许是落叶归根的传承情结,不管搬到哪里,离开多久,村庄的旧宅依然保留,被悉心看护,我们不忍心拆迁、舍弃,只为某日回家短暂地看上一眼,踏实地住上一晚。

过去,村庄人口鼎盛;现在,青壮年都在外打拼,留守的基本上是老人与小孩。老人们白天闲不住,又是种稻,又是种菜,从田头忙到田尾。晚上,三三两两摇着蒲扇团坐在老屋石凳上喝喝茶、乘乘凉。

第二辑 祠　堂

村庄小孩很多,但我没几个认识的了。每每揪住一个小孩,我都会一脸茫然地问"你爸爸是谁?",会突然想起贺知章的诗句"少小离家老大回,乡音不改鬓毛衰。儿童相见不相识,笑问客从何处来?",不禁哑然失笑。

去年清明,细雨纷纷,父亲骤然走了,狠心撂下了母亲。从此,母亲怔怔的,话明显少了许多;胆子也小了,睡觉便是一种煎熬,一个晚上反反复复开灯、灭灯,持续到天亮。

是啊,失去了生活中最亲的伴侣,几乎失去了整个世界。母亲七十多岁了,不识字,也没出过远门,我多次劝说母亲到深圳来住,但她很坚决,不同意。

连接我与母亲的,是每周固定的手机通话。偶尔因事延误或忘记,母亲就会拨过来,莫名其妙地问我是不是出了什么事。

母亲的电话很长,总是唠唠叨叨说个不停,说得最多的,无非是村庄里某某偏瘫了,某某昨天好好的今天突然走了,然后说到自己种的菜园,话语里总掩藏不了窃喜,豆角很茂盛,胡萝卜很粗壮,朝天椒辣得很……

2015年除夕,在英赞等兄弟的倡导下,我们以"团结·感恩"为主题在村庄广场举办了首届家族联欢晚会。自筹资金,自编自演,用最传统的方式点燃除夕之火,用最温暖的方式团聚一起。

晚辈们除了呈现自己精心准备的欢歌曼舞,还恭恭敬敬地为长辈们敬酒并派发红包,着着实实体会了一把满满的亲情、浓浓的年味。

王氏宗祠因风雨洗礼,年久失修,已残败不全,危在旦夕。以参国等叔辈为首的理事会勇敢挑起了重建宗祠的重担,从设计、拆除、筹资到竣工,投入了大量的人力、物力。

宗祠仿古设计,雕龙刻凤,气势恢宏。宗祠大门镌刻的"绳其祖武"四个金色大字,淋漓尽致地诠释了"忠孝为本,勿忘族恩;追根溯源,世代传承"的理念与精神。

村庄是根,故乡是魂。无论路途多远,身居何处,回家是屋顶袅袅的炊烟,是母亲睐着双眼的期盼;回家,才可以停下匆忙的脚步,妥妥地歇息,妥妥地安放乡愁。

余生,我将静静地守在村庄,等候我爱的人归来,也目送爱我的人一步步地离开……

刘氏家庙札记

刘继寿

雕镂百态,常使我难以忘怀,踏入家庙感受到古老文化的浓厚氛围。"一生痴绝处,寻根到刘祠。"身为刘氏后裔,也许是我的好奇心使我寻梦而来。

修河微波粼粼,刘氏家庙辉映在河面上的倒影就像四蹄跑马,勾勒出古代遗迹与天空之轮廓,给人一种清新的韵律美。景物游离于时光之外,古色苍然的家庙叠院缀着石雕门窗,幽深而雅静。走进宽敞的刘氏家庙,吸引我的不仅是雕梁画栋、石阶、石碑、花卉果木,更多的是精美的工巧设计,构成"古迹久远本无价,谁引韵味到我家"的古朴环境。刘氏家庙坐落于青山上,寄托了刘氏后人守望怀亲的情愫,固守那份生命的延续。

极目览遗迹,位于四都镇彭姑的刘氏家庙映照出一幅水墨画卷,令人赞叹。"这是一杯纯醇的美酒,看一眼都让人心醉。"一位来自中国作协的朋友由衷地赞叹,并情不自禁地对游人说,刘氏家庙的建筑堪称完美,用"润笔"勾勒出一种幽静、古雅、清新,达到水墨淋漓尽致的效果。

祠堂后山是青黛,公路飘舞为衣袂。刘氏家庙,胜似人间仙境,我忘情地领略着巧夺天工之秀美。踏入刘氏家庙(刘氏家庙始建于清康熙十九年,即1680年),仰望大门上方,镌刻着醒目的"刘氏家庙"四个鎏金耀眼的大字。刘氏家庙由二层砖木构造(现改建为混凝土)、上下四合院组成,两厢有吊楼,雕梁画栋的木构门框、门墙呈现一派古朴风情。中间偌大天井四周分布奇特、建造合理。天井中央及厅堂一次可容纳上千人。后幢正方为主厅,厅堂正前方有一块长约五米、宽约一米的牌匾,牌匾正前方书写着"先皇之家"四个大字,后正方有"光宗耀祖"字样。厅正中供奉着清六公及四子牌位。从匾额的字臆断,这就是祖上所谓的遗训吧!

从家庙厢房两侧及后方正厅向左右延伸数十米皆为附房,估计家庙与宗祠合体是顺应时代背景建造所致。据悉，厢房及后方正厅左右延伸，供家庙刘氏族人红白喜事或族家事施行之场所(俗称祠堂管所)。每逢族人有揭榜晋升朝廷官职或升迁即在此家庙中庆祝，其热闹不言而喻。新春佳节家庙管所家族长组织族人在家庙门前施放烟花、爆竹，焚香供奉祖先，祈祷来年五谷丰登、歌舞升平。

元宵节将至，更多民间大型戏剧来到家庙演出。从远处窥视家庙，宛如仙境蓬莱，紫气升腾。肥沃土地成为四周靓丽的古朴风情，似乎一切都是透明的，更是一种景象。置身这宁静的天地间，游客们或邀三五亲朋，合影留念，或依石凳小憩，谈笑风生。"一种满足感萦绕在心头挥之不去，忘却了身外的纷繁杂事，平日工作中的压力和生活中的烦躁不安消失了……"这是一位来自外籍的游客道出的心声。

壮观的刘氏家庙也催发出厚重的历史文化，披上一层不为人知的神秘面纱；透着文人墨客笔下的美，呈现着一种久违的历史记忆。"古雅溢彩深诗意，韵味犹浓满目新"，游览刘氏家庙，难分是墨是韵，微风飘然，河岸稻花摇曳，宁静自悠间，古老苍劲。不由触景生情，有诗曰：

宇宙蓬莱有汝家，清幽透亮拥流霞。

欲观庙域穿州域，便下晨茶向午茶。

放眼望去，面对修河，蓝天白云，让我想起朱熹的诗："问渠那得清如许，为有源头活水来。"这水墨画，是时代给刘氏家庙的美化，还是仰仗于前人的胸怀大志，大抵都有些原因吧……

刘氏家庙始源于公元前256年至公元前195年，不禁让人追溯到开辟汉朝的刘邦。汉高祖刘邦，沛县丰邑中阳里人，汉朝开国皇帝，中国历史上杰出的政治家、卓越的战略家和指挥家，汉民族和汉文化的伟大开拓者之一。他对汉族的发展以及中国的统一有着突出的贡献。

据史料记载，汉朝有24位皇帝：西汉高祖刘邦、汉惠帝刘盈、汉文帝刘恒、汉景帝刘启、汉武帝刘彻、汉昭帝刘弗陵、汉宣帝刘询、汉元帝刘奭、汉成帝刘骜、汉哀帝刘欣、汉平帝刘衎；东汉光武帝刘秀、汉明帝刘庄、汉章帝刘炟、汉和帝刘肇、汉殇帝刘隆、汉安帝刘祜、汉顺帝刘保、汉冲帝刘炳、汉质帝刘缵、汉桓帝刘志、汉灵帝刘宏、汉少帝刘辩、汉献帝刘协。

刘氏家庙自汉高祖刘邦绵延于汉景帝刘启,刘启公元前188年出生于代地中都(今山西平遥县西南),是汉高祖刘邦之孙,汉文帝刘恒之子。

公元前180年,刘恒被拥立为皇帝后,刘恒诸子中刘启最大,于是被立为太子。

汉景帝育有十四个皇子,其中第六个皇子为长沙定王刘发。公元前155年,史称"长沙定王"。长沙定王刘发远在千里之外的南方长沙,非常思念自己的母亲。因此他每年都要挑选出上好的大米,命专人专骑送往长安孝敬母亲,再运回长安的泥土,在长沙筑台。年复一年,从长安运回的泥土筑成了一座高台。每当夕阳西下,刘发便登台北望,遥寄对母亲的思念之情。他筑台望母,心存孝心,所以"定王台"也被人们称为"望母台"。定王台在现在的湖南省长沙市芙蓉区浏正街南侧的小巷深处,是历朝文人到长沙后必去览胜的地方。两千多年来,它一直被文人墨客所颂扬,诗文歌赋吟唱不绝。

刘氏家庙绵延至长沙定王开始,第一代刘发,第二代刘庸,第三代刘鲋鮈,第四代刘建德,第五代刘旦(刘建德子),第六代刘宗(刘建德子),第七代刘鲁人,第八代刘舜。

刘真(健公)于1089年由荆南移居江西省南昌府分宁县。刘真生子四。其长子仁公,仁公生六子,六子中光照公生三子,其二子即用公(后来所建八公祠其中之一公)。八公祠坐落于修水南门头,新中国成立后改为粮食部门驻地(收为国有),改革开放后改为现青云酒店。用公延续至第十代清六公(即二十八世),居住在分宁县泰乡四都清水里(现修水县四都镇彭姑村)。清六公育有四子,即仲昆、仲贤、仲厚、仲松(俗称"彭姑四房",即七房、九房、十房、细房)。以清六公为始,构建彭姑刘氏家庙。

宁静中透着休闲舒适的温馨快感,如果用一句话来概括刘氏家庙水墨画廊,你可以在闭目养神间肆意冥想。春幕初晴,阳光绚丽。春风拂面,写一首赞美的歌,赋一曲优美的旋律,平平淡淡才是真。修河细水长流,在阳光的辉映下,刘氏家庙愈发苍劲有力,显得春韵无穷,犹如素雅风韵的美人,博得游客雀跃。

古老的刘氏家庙有着厚重的历史文化,是一道亮丽的人文风景线,令游人赞叹不已。

由修水匡氏宗祠说开去

匡明安

沿353国道由修水县渣津集镇中心西行1000米，靠东港水北岸有一座雄伟的古建筑——修水县匡氏宗祠。宗祠前方有一座高大的花岗岩牌楼，上书"匡庐遗韵"。宗祠敞亮的上厅供奉着修水匡氏始祖玉振等先祖牌位，左右墙壁悬挂着匡句须、匡裕等匡氏远祖画像和获得博士学位的8位优秀学子，以及匡省平、匡俨平等族内精英匾额。

据族谱传：匡句须为中华匡氏一世祖，与孔子同朝，距今已两千多年。《左传》有载："……施氏之宰有百室之邑。与匡句须邑，使为宰，以让鲍国而致邑焉……"后鲍国返齐，句须在鲁任宰。句须其后匡裕，拒召从道，隐居庐山修炼，后羽化升仙，故庐山又名匡庐（据《九江府志》）。匡姓因山西晋阳望族而立晋阳堂。

公元960年，赵匡胤建立宋朝，推行严格的避讳制度，天下匡氏一律改为他姓，先易为"主"姓，后陆续改为王、康、方、姜、羌、徐等姓氏，近于没族。至1127年匡衡后裔宗义、如赤等率众请旨复姓，至南宋末才得以准奏，至今仍有绝大部分未能复姓，或仅认祖而未复姓。如康氏有220万之众，排名92位，半数属匡氏后裔而未复匡。当时修水匡姓始祖玉振就是以康姓迁入的。

修水匡氏全县共一支，有别于他姓的多支组成。一世祖玉振于宋靖康元年（1126）由浙江金华（一说为吉安泰和金华山）迁入大桥井源，已近900年了。匡氏迁入修水520年后的清顺治二年（1645）编修了第一届族谱，至2014年的369年间，共撰修了11次，平均每33.5年一次。修水匡姓现已繁衍震、巽、孚、旅、云五大支派39代，13498人，90%聚居于渣津镇及石坳、东港、上衫、马坳、杭口、白岭、山口、大椿等乡镇，外省、县、海外亦有散居。

修水匡姓十九代出生的在1500年前后，按序列字派班辈为"然一希期朝"，至1645年修族谱增列"良士从先圣,盛时重俊英,才全征学至……"等40字。这个字派全国独有,武汉蔡甸匡姓虽有此40字派,却是1500年左右由其祖匡心田从南昌传入,而未沿用下来。

始祖玉振后裔可堂,为元末学士,翰林院侍读。1325年由大桥井源迁至今渣津镇莲花村,并建祠于此。宗祠后经1645年、1753年、1826年几次整修,占地1600平方米,始成规模,堪称县内一绝。

宗祠分上、中、下三重。上重正面祖位前高近2丈、1.5尺见方的花岗岩巨柱一字排开,象征着祖业千秋永固。中重东西两侧,一楼为木质结构厢房,上面为雕花栏杆酒楼,厢房两侧各有一丈见方的麻石天井。下重两角分立石柱和木柱,上嵌"礼、义、忠、孝"故事的雕刻片方。左右各有正房二间,作议事、存物及守祠卧室之用。门首牌楼上方,高三尺、宽六尺的青石板上"匡氏宗祠"行书苍劲有力,庄严厚重。栩栩如生的八仙泥塑分列两旁。石材大门框有骑墩、高门槛的配套装置,门框顶端是明清风格的木梁木方结构,龙凤虎豹、花草虫鱼,或雕或画,或横或竖,装饰其中。柱、框等石材传说用银子磨过,三六九的古青砖全部手工水磨,所有门窗均为拼花制作,古色古香,美观结实。巨石出自白岭、漫江深山,巨木来自靖林、铜鼓老林。如此工程,在当时生产力低下、运输工具落后的情况下,对处于边远山区的一个姓氏家族来说,其难度是可想而知的。屋面为木质天花板,盖5层5寸青瓦,一般不用检盖维护。上重屋脊有彩色双龙戏球瓷雕。四周高三尺的风火墙,描画绘花,掎角冲天,更显森严。近亩的宗祠广场设有旗杆石墩、系马石桩和称为积财聚宝的消防水塘,一派兴旺景象。

民国之初,族人寄凡在祠内创办"进化高初级两等学校",简称进化小学。1930至1932年宗祠被辟为苏维埃列宁小学。正面墙上有孙中山先生画像和多条标语,保存到21世纪初。我县唯一的国大代表匡正宇、修水县苏维埃第二届妇女联合会主任匡亚民、修水县政协原副主席匡俊雄之父匡阻澜等匡氏名人先后在此任职或任教,自进化小学至公立小学在此办校70余年,培养了一大批有识之士。

新中国成立之初,宗祠被地方政府辟为粮仓,收存大桥、石坳和渣津本地上缴的粮食,1955年撤仓改建农业合作社驻地,后为莲花小学所在。2006年以再发先生为首的第一届修水匡氏理事会落实宗祠产权,筹资 50 万,宗祠得以重修。2008 年 1 月 8 日,全国十多地宗亲和当地族民举行了数千人的隆重庆典,增强了族人团结,赢得了全国族门的称赞。

几百年来,匡氏民居也围祠而筑,方圆 5 里,共有大小厅堂 100 余间,500 多户,2000 多人,现在已发展了 11 个村民小组,成为县内有名的"匡家大屋"。这里的秀美乡村建设方兴未艾,建长亭、立牌楼、铺油路,与江南最大寺院"兜率寺"和"蝶恋花"景区连成一片,成为当地一大旅游胜地。

匡氏宗祠几个世纪以来,由全县总祠发展到各分支、房支建祠建堂共 43 座,除县城匡氏谦公祠毁于战乱仅存场地外,近年均已重建或修葺一新。其中规模较大的有四大支之一的旅公德众公祠,匡省平、匡寿华、匡俊望为主要出资人的两座奉选祖祠以及以匡俨平为主修的辑用公祠。

宗祠是上祭祖宗下训子孙之所,是团结族人、共举善事之基。修水匡氏一直热衷于社会公益事业,现存的福星石桥,道教圣地万寿宫,香烟鼎盛的马溪寺、广福寺、宣明宫,闻名西片县的五里圳、黄坊堰,都是由匡姓发起修建的,至今仍在渣津乃至全县被人称道。

匡氏家训明理明法、包罗广泛,从古时的"训家之法,以读书为先;耕织两端,乃衣食之自,养命之源;孝悌两端,为仁义之本,百行之源;输赋完粮,以报答君恩;弥禁盗贼;禁赌博嬉戏;家庙祭祀,以正月初二为期……" 15 条,完善到当今的"爱我家国,弘扬正气;文明守法,崇尚科技;敬宗睦族,尊贤重义;包容博爱,危困相济;尊老爱幼,笃行孝悌;和睦友善,勤俭自立;修身立德,读书明理;敬业乐群,自强不息" 8 条 64 字,更为族人制定了做人立德的良好规范。

从修水匡氏宗祠说开去,修水匡氏的人文历史,无论是避讳改姓复姓、独支繁衍生息,还是后来者发扬光大、创业传承,在全县的姓氏中都是具有独特色彩的。

宗祠是宗族的灵魂
——记修水樊氏宗祠与人文故事

樊协平

幕阜山下,汨水之源,有樊氏宗祠,规模宏大、气宇轩昂。路人为之震撼!世人为之惊叹!修水樊氏宗祠,原曰凯岗,1887年重建,占地3000平方米。祠前平旷舒展,山峰层叠,高耸入云;四周绿树掩映,瑞气腾绕。近视祠宇,气魄非凡。"樊氏宗祠"四字夺目映帘。石框大门,一正四侧,各具其形。正门高阔气派,精刻石鼓,架立左右;侧门小巧玲珑,光滑石凳,分立两旁;风火墙角似鹰嘴翘起,典雅别致。走进祠堂,目不暇接,祖牌神像肃立神龛,紫气缭绕。旧朝新代的英豪匾额挂满厅堂。内设一正两横,正屋前为祖堂,后为寝堂,左右横屋为厢房。还有12口天井,磨石铺垫。28根石柱排列有序,支撑着弓形巨木横梁,青色砖瓦相衬,更具古色古香。仰脸观看,冲顶楼雕九龙戏珠及各种木雕、板画、壁画,精细极致,熠熠生辉。优美壮观的樊氏宗祠不愧为修水最具特色的古建筑之一。

其实樊氏宗祠动人心弦的不仅仅是外观美景与建筑设计,更是宗祠所涵盖的家族辉煌的历史、人文故事、家风美德。

修水樊氏宗祠神龛之上敬奉着江右一世祖三阳公。所谓"三阳",因江右一世祖起于襄阳,盛于南阳,迁于鄱阳,名曰三阳公。传到昌字辈时有三十六兄弟,其"三十六昌战王虎"的故事让人肃然起敬。谱载:"宋中叶高宗南渡,建炎四年卫前军师王虎、魏全倡乱。泛巨舰乃欲陷豫章,大肆俘掠,乡民苦之。昌时以书生为阁门只候舍人,乃聚族而谋曰:'吾为抱关吏食焉,必践其难!贼虽声言袭豫章,然劫掠村堡,为无食也,此其众无纪律,可一鼓而行擒耳。'于是兄弟佥谋,激励民志,同举义兵。众随用命者以千数,身先董率,结垒堡障,以为官兵声援。遂统众与虎拒战,相持数日,辄得首功。久之不克,力战死之。虎亦败魨！绍兴初，府帅高卫录其事以闻于朝。"

当时昌时以一书生倡议举义兵，保乡邻，与王虎乱军拒战，三十六兄弟带领家人纷纷上阵杀敌，无不奋勇争先，前赴后继，鲜血染红了豫章。子侄赴难者不可胜计，而"昌"字辈三十六兄弟，死者三十余人，迄今只有五公后裔相传。

昌时兄弟们无一朝廷命官，都是平民百姓。然而他们的心目中却装着国家和人民，为了国家和人民而舍生忘死。这才是大忠大义啊！樊氏族谱中说："忠义出于天性，亦其家法使然。"因为他们身上流淌着这个家族的忠之血！

建炎六年（1132）二月，南宋朝廷闻此事，上至高宗皇帝，下至文武百官，无不感动万分。高宗皇帝赶忙下旨旌表，敕封昌时为修职郎、昌盛为保义郎。其余兄弟子侄自卫效力者赠保义郎、修职郎、忠永校尉、果义校尉；敕赐葬地，特旌庙于所居之土。

在修水樊氏宗祠中除了敬奉本族祖先外，还敬奉汤旷、那以泰、艾通甫三位恩公。这是为什么呢？这涉及修水樊氏一段刻骨铭心的历史与樊氏记恩不记仇的家风美德。家谱是这样记载的：

元末家世富盛之后，遭所蓄佃丁四十八家，乘红巾倡乱，逐假通谋杀樊氏子孙殆尽。卒有天幸遗一子，名政仲讳用德。年甫十三，赖佃人艾通甫护匿平江石牛寨万户汤旷家寄迹。后遇那千户名以泰者，见公貌奇异，以女妻之，生三子：长伯坚，字定坚。次伯言，字定实。幼伯镇，字定安。

这是一段修水樊氏的恩仇录，可是先祖用德公成家立业后，不报仇只报恩，不记仇只记恩。三个恩公的名字，家谱上赫然在目，宗祠内敬奉恩公的牌位，代代相传六百余年。至今汤、艾、那、樊四姓结成了亲密战友，互相支持，互相帮助，俨然是一家人。然而对当时趁乱杀害樊家人的四十八家佃户，究竟姓甚名谁，谱上没有记载，更无人知晓。这分明是先祖用德公有意不往下传。这种记恩泯仇的胸怀，受世人景仰！

樊氏宗祠所涵盖的家族历史厚重，确是修水樊氏之骄傲！族聚于斯，每年十月十五日，在这里召开修水樊氏肃祠大会，每年正月初二族民云集这里，祭拜祖先，彰显祖宗功德，衍绎世代馨香。

樊氏宗祠受人尊敬是理所当然的。然而修水樊氏却为一个女人建了一栋祠堂，叫"姑婆祠"，同样受到族民及当地群众的顶礼膜拜。

姑婆祠坐落于修水大桥镇沙湾村，大约建于清初，2012年樊氏族民捐资进行修缮，占地面积1700平方米，三层钢混结构。此祠是为了纪念樊法英而建。墙壁上刻有南昌府教授汤大坊撰写的"法英贞姑传"。

传说樊法英贞姑终身未嫁。她为何不嫁？不是嫁不出去。樊氏族谱载，法英容貌端庄，性灵慧，工心计，是典型的古代美女。据说来说媒者络绎不绝，法英贞姑一概婉拒之。这是为什么？这要从她的家庭说起。忠厚家族自用德公复兴以来，人丁日益兴旺发达，分为十二大房。其中第八房仕垲公生下一女一男，女曰法英，男曰公正（字朴庵）。姐姐法英身强体壮，弟弟公正却体弱多病。仕垲公夫妇十分担心，临死嘱咐法英要照顾好弟弟。仕垲公夫妇逝时，法英13岁，弟弟公正7岁。法英遵父命，帮助弟弟成家立业，为弟娶妻，后生七子。而弟弟夫妇又早逝，法英又承担抚养侄子的责任，因此终身未嫁。此事迹怎不令人感动万分！樊氏族民自觉为她建祠，南昌府教授汤大坊为她写传，《义宁州志》把她列入巾帼英雄。至今姑婆祠来往祭拜者络绎不绝。后贤赞曰：缅想我姑，德播乡都。纯心孝母，贞不嫁夫。哀怜父逝，抚摩弟孤。七孙顾复，万代歆歗！

在修水樊氏众祠堂中，有一栋建筑，本不是祠堂的范畴，但修水樊氏仍然把它作为祠堂一样看重，因为它为修水樊氏做出了卓越贡献。它叫"樊氏试馆"。

樊氏试馆位于修水县城黄土岭万坊社区华光巷，占地面积500平方米。来到樊氏试馆，只见"樊氏试馆"四个大字赫然在目。里面全是木架结构，古色古香。试馆分上下两层，共有大小16间房子，两边设有考试场，每边有专供考试用的房子5间。站在樊氏试馆门前，我忽然有许多疑问：修水樊氏为何在修水县城建一栋试馆呢？这试馆建于何朝代？试馆有什么作用？当时县文广局樊孝慈书记介绍说，这是修水县唯一保存完好的试馆。试馆是过去科举考试时供读书人学习及膳宿的地方。在每年乡试中，宁州府就在此举行乡试，选出秀才，再参加南昌府试考举人。至于樊氏为何建此试馆及建于何朝代还有待于考证。后来我查阅了家谱资料，访问了有关老人得知：这栋试馆大约建于清乾隆年间，樊氏祖先十分重视勤耕苦读，建试馆目的是激励支持族裔参加科举考试。是的,从谱上看处处体现修水樊氏祖先以耕读为本,如樊氏家训十二则第五条"严教子"中说:"子弟自八岁入学,至稍长即延名师,晨昏严课。务其学业有成,光宗耀祖。断断不可纵性养骄……"在第七条"勉为善"中指出:天下第一等乐事还是读书。所以祖先建试馆,我们并不感到惊讶,从现在看也确实起到了激励作用。据谱载:樊本桂、樊希英在清乾隆年间进士及第,中举者多位。光绪年间在此参加过考试的举人秉中荣获光绪皇帝嘉奖封赠。樊氏族谱载:

明瀛,行二,讳秉中,字蕴玉,号仙芝。府增生援例捐授同知,分发湖南归本班前补用。清光绪二年丙子,以苗疆肃清有功,蒙恩优奖补缺,后以知府归本班前补用。清光绪六年庚辰蒙湖南巡抚李奏请,署理凤凰直隶军民府正堂。清光绪九年癸未,奉旨特授永绥直隶军民府正堂。在任即补知府。以两次苗疆最要缺,大计卓异。加一级恩优奖,以道员归劳绩班补用。诰授中议大夫,加四级。请二品诰命三轴,诰封三代二品通奉大夫。

立试馆而激励读书,苦读书而为国效忠。这就是修水樊氏又一家风美德。

200多年的吴三峰祠

吴 生

我们村的吴三峰祠已有200多年历史,该祠建筑风格、图案工艺、红色历史颇有价值。

4月下旬,我与随行的修水县摄影协会部分会员冒雨来到吴三峰祠,祠堂坐落于大椿乡新庄村10组,距大椿乡集镇约1公里。该祠占地6亩,前临半塘秀水,后倚雷峰青山,四周飞檐雄伟高耸,烟砖青瓦古典相映。前门并排三个石门,中间为正门,左右为侧门,正门上面写有"吴三峰祠"四个行书大字。左右窗户均为石雕,上为雄鹰展翅,下为麒麟仰首,造型独特。正门悬梁上的阴阳八卦、龙吟虎啸,栩栩如生。整个外观主体建筑框架部分保存较好,分正堂、左右两厢,厅房全部为木雕房门与窗户,古朴典雅,做工讲究,花鸟图案,惟妙惟肖,形态逼真,线条清晰流畅。可惜的是有部分木雕遭到不同程度的毁坏,木窗有些地方已经破烂不堪,也些许破坏了祠堂的整体结构。

正堂一进三重两天井,中堂木梁上高悬红漆书写的"壮志摧氛"四字牌匾,字迹仍清晰可见。牌匾中间上方有一个四方红印,模糊不清,左上角写有"诰授朝议大夫署南昌事饶州府正堂加八级又军功加二级纪录十次,蔡齐明"。右下角落款为"皇清嘉庆三年岁宫戊午季秋月毂谷吉旦贡生吴一达立"。我从《修水史略》一书中考证和采访吴氏后裔吴小凡得知,其牌匾所悬挂时间为嘉庆三年即1798年,距今已有200多年。嘉庆三年溪口陈坊农民刘联登、宁州吴都农民魏文宗、宋怀朴借白莲教聚众,于7月17日率众数千人在陈坊举旗起义。然其时南昌知府蔡齐明已率兵赶到,与刘光甫、嵇承恂防守大石口。义军被困蓑衣洞,粮尽,冲出洞口,与清兵激战于修水港口,伤亡惨重,雷公潭皆赤,以刘联登为首的农民起义被清军镇压。因吴一达率乡勇、家丁协同清兵抗击有功,清朝遂委派蔡齐明赐"壮志摧氛"予以记功并嘉奖。嘉庆六年(1801)三月,嘉庆帝对吴一达及宁州绅士支援有功大加赞赏,颁旨将宁州改为义宁州。修水前称义宁州由此而来。后堂则设有香案、神坛,供祭祖之用。

左右侧偏房,建筑结构、风格、规模与正堂相差无几,但奇特的是左侧偏房硕大的"飞来石",依然傲立天井中,为偏房增添了一道独特的风景。

据村民吴章信介绍,对于吴三峰祠的建筑年代,房内、祖谱上均没有详细的记载,但从吴氏族谱中查到,吴一达生于乾隆二十年(1755),殁于道光十三年(1833),享年78岁。他幼时聪慧,时清朝皇帝封他为明经进士,但未入仕为官。从正堂悬挂"壮志摧氛"牌匾落款,推测应为清乾隆时期的建筑,至今应有200多年历史,甚或更早,具体时间有待从其他途径做进一步考证。

据吴氏族谱记载,吴三峰为吴一达祖父,是一位达官贵人,曾任修职郎,家底殷实,至吴一达时,家道兴盛一时。时有"北山九十九条源,毛盖屋、瓦盖仓,都是吴一达的田和庄"之说。吴一达知礼忠孝,建起祠堂纪念祖父吴三峰。当时祠堂规模为"九井十八厅,雕花木门百余扇;偏房飞来石,大厅高悬嘉庆匾",更有"屋内不见砖,屋外不见木"之说。又传,当时砌砖用的泥浆为桐油、石灰、膏泥调和,砖块为公母相嵌,其坚固性可见一斑。百余扇木门做工雕刻就花了百余天时间,整个房屋建设历时三年六个月。其工程之大、耗资之多、建设之繁、历时之久、规格之高,实为罕见,从而推测到当时的吴家,可谓富甲一方。

据村民吴小凡讲,吴氏宗祠在新中国成立初期院落整齐,当时祠堂内外都刻有龙凤、山水等图案,里面常年供奉先祖牌位,香火不断,每逢过年过节,全村老少聚集此处共同祭拜祖先,场面很壮观。

1932年,修水县第6区第3乡改为大椿区,区苏维埃政府驻扎于此,辖桥亭、大港、高坪、庄前4个乡。大港乡苏维埃政府在此祠成立,红军第16军军部亦曾在此驻扎。

由傅氏宗祠说开去

傅朝玄

修水傅姓，自南宋开庆元年（1259）傅正仲（时年22岁）由武宁正南乡球场迁修水泰乡三都蓝绢安家立业始，繁衍生息，至今达762年，已繁衍了32代。其子孙后裔散布在赣、鄂、湘、苏、陕等地，人口达数万之众。仍居修水境内者近万人，分布在14个乡镇50余个村庄，其中以三都、古市居多。傅姓已成为今日修水各姓氏中的旺族之一，人口数量不断增加，质量也得到提升，尤其是新中国成立后发展很快。

修建"祠堂家庙"的重要意义在于：尊奉祖宗，敬老爱老，看重贤人，望族人世代相传，达到至善至美。

据宗谱记载，修水县境内的傅氏宗祠有4处（栋）：

其一，泰乡三都蓝绢傅氏宗祠，由始迁祖正仲公第五世孙承录公之子必先公之后裔于清康熙五十三年（1714）始建，道光己亥年（1839）进行扩建，一进三重，外观雄伟，巍峨耸立，雕梁画栋，构造精美。当时地方上有一首民谣"傅家祠堂一枝花，黄家祠堂也不差，王家祠堂平平过，邹家祠堂破风车"，一直流传至今。这虽说是戏言，但也有几分真实，邹家祠堂虽不是"破风车"，在相比之下，可算是最差的了。

可惜，这栋"一枝花"样的祠堂于1939年日寇侵犯中国时被破坏了，到1949年进行了一些修复，可是到1976年，被"激进分子"全部拆除去建新村。现在在广大傅氏族人的要求下，已召开族人代表大会，决定重建三都蓝绢傅氏宗祠，要求比原祠建设得更好，并于2019年春开始兴建，现正在进行装修，预计2021年春节期间举行落成庆典。

其二，义宁州城傅氏宗祠，位于东城塔下巷天后宫前（即古尚洲邹氏宗祠对面），由始迁祖正仲公第五世孙承录、承铨、承鉴三公居泰、西、高、安、崇五乡之子孙后裔于清乾隆己亥年(1779)开始策划筹建,至辛亥年(1791)落成,历时12年。其规模宏大,一进三重,共有厅、厢房11间,另有厨房、厕所等附属建筑,前面有活动场地,共有占地面积2300多平方米。新中国成立后,县城所有祠堂收归国有,统由房产公司管理。改革开放后,不少祠堂被毁,而傅氏宗祠于2000年被全部拆除由开发商建成3栋多层楼房。从此,县城的傅氏宗祠已荡然无存。

其三,西乡东山傅氏宗祠,由始迁祖正仲公第七世孙裔后公之子景昭公的后裔于清同治五年(1866)开始兴建,历时三年落成,占地4亩,一进二重,长30米、宽21米、高14米,有石木结构冲脊柱18根,虎坑4口,青砖碧瓦,雕梁画栋,气势磅礴,至今已有155年历史,一直保存完好。2015年秋,政府对原祠进行修缮,同时在旁边新建一栋"列宁小学"纪念馆,在围墙前面新建高大牌坊一座,历时两年,耗资近200万元。两栋房子浑然一体,气势恢宏,堪称西乡"一枝独秀"。

其四,西乡埠坑小坳傅氏宗祠,由始迁祖正仲公第七世孙裔仁公之后裔于清咸丰十年(1860)七月动工,仅3个月时间外部工程完成。依据阴阳家的意见,其余工程到同治五年(1866)八月才全部落成。由于地处偏僻,人口稀少,无人管理,年久失修,祠堂于1996年倒塌。直到2014年10月18日,由族贤为谷、千山等人倡议,在古市上东山村埚头屋召开了裔仁、裔仪、裔杰三支后裔族人代表会议,考虑到裔仪、裔杰二支由于原来没有祠堂,便一致同意集三支合力重建福星小坳傅氏宗祠,于2014年10月28日奠基,2016年12月25日落成庆典,历时两年零两个月。在原地按老祠设计,坐西朝东,一进两重,下重为两层,建筑面积426平方米,总投资62.3万元。该祠重建的最大特点,体现了三支后裔的团结精神。

另有"香火堂"36处。新中国成立后,由于各种原因,不少"香火堂"被破坏了,现在基本上都先后进行了恢复,有的还具有一定规模,成为当地族人祭祀、开会等活动场所。

东山傅氏宗祠大门顶上,悬挂着一块"大夫第"牌匾,是朝廷赐给清光绪年间举人、古市东山傅康衢(派号重瑛)的牌匾,其家有美德,生有6子,个个知书达理,为美玉良才。修水傅氏继承先祖的优良传统,耕读传家,艰苦创业,自强不息,与时俱进,发奋图强,涌现出一批足以光宗耀祖的优秀人物。仅2013年编写的《修水傅氏现当代人物志》中,共收入优秀人物604人,其中单独列传者133人。现在,修水傅氏的总人口有近万人,有大学生298人,获硕士学位以上者42人(其中博士6人),大学教授7人,副教授5人,副县(处)以上及享受副县级国家干部21人,科级干部85人,少校以上军官8人(其中正军职1人),文学艺术家9人,获省部级以上劳模(先进工作者)称号者11人,具有中级以上技术职称者104人(其中高级职称28人),企业高管8人。还有不少载入史册的著名人物,如:戎马一生、彪炳青史的军区司令员(享受正军职待遇)傅彪;海内外知名爱国人士傅朝枢;爱国军旅诗人傅朝汉;教坛精英、原九江师范学院创始人(校长)傅誉茂,北京大学教授、研究生导师傅淑芳,获全国优秀教师称号的傅金凤、傅建平;著名画家、词作家傅梅影;当代知名诗人、诗论家、文化学者傅占魁;等等。

傅姓在一县能有如此多的优秀人物,全得益于族规家教。

修水傅氏家族,762年来,一直遵守德操,崇尚美德,以"礼"治家,把孝、悌、忠、信、礼、义、廉、耻称为八德。在清康熙年间,州宪张会曾赠予"仁里淳风"匾额,以示表彰。

传承族规十二条(这里只录题目,具体内容太长,故略):一、赋税宜急(赋税不可怠慢);二、祭祀宜举(祭祀应当推崇);三、父兄宜敬(父母兄长应当敬重);四、门风宜正(门风应当风清气正);五、品行宜端(品行必须端正);六、经书宜读(经书应当常读);七、耕织宜勤(耕织必须勤奋);八、游荡宜惩(游手好闲浪荡者必须惩罚);九、赌博宜禁(赌博必须禁止);十、争斗宜戒(争斗应当戒免);十一、官讼宜休(官司应当停止);十二、教训宜严(教育训导必须严格)。这十二条族规是做人处世的准则,既有利于国家,又能振兴家庭,还可和睦邻居。

前人家教特别注意从幼年抓起,一般以《增广贤文》《朱子治家格言》《三字经》《弟子规》为启蒙教学主要内容,以家族伦理、道德标准为做人准则。父母对子女媳婿、兄嫂对弟妹的管教都很严。历代先贤都重视家教,如清光绪年间被朝廷封为"奉政大夫"的傅萧臣(派号钟金)在三都塔下新建一栋豪宅,取名"问心堂",其意是凡事都要做到"问心无愧",主张"每日三省吾身",告诫后人要洁身自好,以德齐家。自此薪火传承,人才辈出。

另外,弘扬姓氏文化,是当今修水傅氏的一大特色,新中国成立后,尤其是自 21 世纪以来,在弘扬傅氏文化方面做了不少工作。如创办了《修水傅氏文化》报,4 开 4 版彩印,现已出刊 14 期;成立了"江西修水傅氏文化研究院";编纂并出版了《修水傅氏宗谱》《修水傅氏现当代人物志》《修水傅氏贤妻良母志》。其中《修水傅氏现当代人物志》《修水傅氏贤妻良母志》突出了傅氏文化,强化了优良传统道德精神,成为傅氏文化思想、道德精神的教科书。

第三辑 寺　　庙

神秘的寺院

朱法元

修水全丰镇有宝山寺。

文友戴逢红,多次邀我去看宝山寺。金秋时节,我回家休闲,便选了一个风和日丽的日子,驱车前往全丰镇。

全丰镇地处幕阜山深处,为修水县西陲,紧邻湖北。幕阜山的群峰携手并肩,把它围成一个100平方公里的盆地。站在南峰山顶望去,但见良田万顷,豁然铺展;楼舍千栋,逶迤相连。曹、丁、余三祠鼎立,灿若珍宝;黄龙、湖山二水交合,蜿蜒曲折。真有洞天福地、别开生面之慨。

宝山寺坐落在全丰镇西北端,背靠南峰山,左右两条山脊平行伸出,直达平原。落座安稳,视野开阔,确是一处风水宝地。我的故乡先贤黄庭坚,一生留下著名诗文无数,却很少撰写游记之类的应景文章,而在宝山寺的残留物中,竟然有一块石刻碑文,即黄庭坚的《宝山院记》,我一见到就心中一惊,对这座小寺肃然起敬。据《宝山院记》载:该寺原名南峰,始建于唐代,时兴时废。直到宋大中祥符年间,有僧人洪端住持,寺院再兴,香火转旺,真宗皇帝忽然御赐了一块匾额,上书"宝山寺",方改名宝山。几年后,洪端圆寂,其弟子怀雅接管,延续十余年,亦顺寂。此后寺院一直没有找到得力人选,竟然被一把火焚毁了。直到黄庭坚写那篇文章时,也即十数年后,怀雅有个弟子,名叫宝明,带发修行,领衔重修寺院。此举竟然惊动了朝廷,当时的皇太后刘娥,发出一道懿旨,令宝明落发受戒。也许是宝明深感太后恩泽浩荡,任重道远,自己功力尚浅,不足以承担重任,于是出寺云游,远足四方。14年之后,宝明返乡落脚于离全丰50里的上衫塔头兴化寺,待了8年。他父亲了解到他品行道德不错,即传令他回宝山寺,"兴复院事"。宝明谨遵父命,从此一心一意,把全部精力倾注到了寺院建设上。他开坛讲经,四处化缘,募工集材,拓土扩建,仅几年时间,即建成了一个颇具规模的大寺院。"居圣有殿,徒弟有室,香积有厨,周环门庑",寺院总计有房屋60余间,还添置了一应俱全的钟鼓器具。院内院外遍植松竹花草,使寺院巍然壮观。黄庭坚称宝明治理寺院,既不奢侈,也不过于简朴,比较合乎中制。寺院建设完成后,宝明又请来了友成、友和、善随、善缘四个门人,以接续香火。于是,宝山寺在有宋一朝极为兴盛,名噪四方,应能与著名的黄龙寺媲美,否则如何能得到皇帝的御赐牌匾?又怎么能感动大文豪山谷道人撰写碑记?

  陪同的当地友人显然十分看重这个寺院,把我们带到离寺前一箭之地的一座古坟边,津津有味地介绍说,当年宋真宗之妃、宋仁宗之母刘娥,曾于晚年到宝山寺落发修行,并且在这里圆寂,这座坟墓就是刘太后的归宿。我拨开杂草,察看了一遍,见墓顶有一小石塔,本有三层,上面两层已被掀翻,石头散落在墓顶的草丛里。墓碑分两块隔断,碑上不见文字,却分别刻有凤和鹿的图案。由于年代太久,又屡遭破坏,失于保护,石头已风化,泥污苔痕遍布碑面,使得图像依稀难辨。

  这的确是一座怪墓,因为如是僧人,则应有塔无墓;如是俗人,则应有墓无塔。既有塔又有墓,还真的少见。且一般寺庙的塔或墓,都建于两侧或是寺后,建到寺院前面的更是罕见。可要据此推断这即是刘娥之墓,则大谬矣。说到刘娥,人们即刻会想到史上著名的"三后":吕后、武后、刘后。前二位褒贬不一,且贬远多于褒,唯有刘太后以贤德著称。她是宋朝第一位摄政的太后,功绩显赫,却从不专权跋扈,史称其"有吕武之才,无吕武之恶"。当然,"历史是一位任人打扮的姑娘",尽管如此,后人还是以她为原型,编造了一出"狸猫换太子"的戏剧,歪曲了她的形象。刘娥进宫29年,先后辅佐真宗、仁宗两位皇帝,1033年三月甲午日病逝于宝慈殿,享年65岁。这一事实,史书记载十分明确,不可能有什么"出家"一说,更不可能来到这远离皇宫的偏僻之地修行。

尽管如此,这座宝山寺还是有几个疑点不得其解:一是宋真宗封号。同一个皇帝,同一时期(大中祥符)册封两个寺院,即黄龙寺和宝山寺,且两个寺院又同在一个地方,二者直线距离不超20里。其中究竟有何道理？二是真宗死后,刘娥身挑辅佐宋仁宗、垂帘听政的重担,可说是日理万机,为什么还要专为一个如此偏远的寺院下旨,要宝明剃发受戒？这两个疑点说明了一个问题,即宝山寺曾有非常重要的历史地位。现在我们知道,黄龙寺受封有其突出的原因。在宋朝,禅宗的五家七宗中,法眼、沩仰、云门三家和临济的杨岐一宗早已香火断绝,曹洞也处在后继乏人的状态,作为临济宗的主要支派,黄龙宗不仅很好地承袭了本门衣钵,而且惠南法师还兼任曹洞宗掌门,为两家扬名立万,培育传人。所以整个宋朝,禅宗其实唯有黄龙一宗在支撑门面,独领风骚。可宝山寺呢？当时有什么功绩和地位值得皇上封号、皇太后颁旨呢？我想其中必有缘由。

立于坟前,我仔细端详着那两块雕凤画鹿的墓碑,发现那真是两块不一般的石碑。拨开杂草,擦尽污渍,石碑的本质暴露无遗。石质为上等纯白花岗岩,石纹细腻,光滑异常,虽经千年风侵雨蚀,表面已变成了米黄色,但仍不失其质地坚硬的品格。那凤、鹿的雕饰虽已模糊,但图案仍显清秀,看上去还是呼之欲出,栩栩如生;线条粗细均匀,深浅划一,颇见功力,越看越觉得是出自高人之手,非等闲之物。再看那些散落草丛的墓塔石块,也都是选材考究,造型优美,刻功上乘,堪称精品,与当地那些粗俗的墓碑、石刻等极不相称。

我突然想起,史书上曾有过"替身僧"的记载,比如张居正《敕建承恩寺碑文》:"皇朝凡皇太子、诸王生,率剃度幼童一人为僧,名替度。虽非雅制,而宫中率沿以为常。"明代沈德符的《万历野获编》,也有"主上新登极,辄度一人为僧,名曰代替出家。其奉养居处,几同王公"的说法。替身出家,考其来由,源于佛教来中国后,结合巫术的一种做法。巫术有个观念,认为通过巫法,可以使某种能量从一个物体或一个人身上转移到另一个人身上。比如做个纸人,写上仇家的名字,放置于某处,用针扎五脏,认为对仇人不利,这是巫术所谓的"能量传递",当然为人所不齿。"替身出家"实际上也是一种"能量传递"的祈求,即企望菩萨的保佑通过替身传递到本人身上。此种做法民间有,皇室也有,比如北京密云的黑山寺,就曾是明宪宗的替身僧戴勇的出家之所,清朝末代皇帝溥仪的替身僧就是宫中太监孙虎。据说清朝从顺治起,就制定了规定,凡太子和宾妃都要有替身僧,以求我佛慈悲传递对皇家的保佑。史书记载虽是明清两朝的事,但在宋朝,真宗或刘太后有没有这么做,也是难置可否。也许是刘娥找了个替身僧放在这宝山寺,于是真宗皇帝破例题匾;刘娥辅佐仁宗听政后,特意降旨要宝明剃度住持本寺。设想宝明起初诚惶诚恐,不敢承担,便一跑了事,后来通过其父做工作才召了回来。替身僧死后,寺院超乎常理地把他葬在寺前,不好留下文字,只好雕刻凤、鹿以志纪念。如是,则这座宝山寺就非同小可,而是一座皇家寺院了。一代名士黄庭坚为之撰文,也就顺理成章了。

只是,与黄龙寺一样,宝山寺在一时辉煌之后,竟是长期沉寂,以至一蹶不振。黄庭坚所寄予的"常兴而无废,永泰而不否"的厚望便也无奈地辜负了。我不禁嗟叹起来,想世间诸事,无不依赖人才,得才即得成功,失才即失一切。大到国祚兴衰,小到家长里短,概莫能外。你看,一寺一院如此,禅宗的兴衰如此,刘娥辅政的历史亦如此。眼前的宝山寺几已不成寺院,一座"大雄宝殿",还是不久前由当地募资新建的,据说捐资者为道教信徒,所以边上还建了一座关公庙,弄得不伦不类。唯有前面一间摇摇欲坠的小瓦房,属于古建筑,却已砖松瓦破,础歪柱斜,两只石狮子分别倒在前门和左侧的草丛里,掩面埋首,似在哭泣,令人痛惜。唯有门口一对石鼓,还顽强地竖在石墩上,唤起人们对历史的哀叹。

走出寺院,我心里充满了感慨。戴逢红之所以一再邀我考察宝山寺,原来这近似废墟的寺址之下,还埋藏了许多待解之谜啊。戴逢红对当地历史文化有较深的研究,一"深"则有"疑","疑"愈多则愈"深"。但愿他或是另有高人,能找到宝山寺诸多疑点的答案。若能如愿,岂不是一大美事?

雷峰古殿：白云黄鹤道人家

朱修林

雷峰尖海拔1300多米，是一座很有名气的大山。说它有名气，不仅仅因为山上有神奇的传说，山中的"雷峰古殿"更为它披上了一层神秘的色彩。

"白云黄鹤道人家，一琴一剑一杯茶。羽衣常带烟霞色，不染人间桃李花。"

这日日走过的雷峰尖，犹如南宋词人白玉蟾笔下的词句，那么纯洁有趣，凡尘不染，也正印证了"山不在高，有仙则名"这一名句。青山白云之间，晨钟暮鼓声里，雷峰尖，时时刻刻敞开它博大的胸怀，迎四方来客，接八面香火。

特殊的地理位置

黄龙山的地理位置很特别，站在山顶的某个地方，能"一脚踏三省"（湘、鄂、赣），而且还"一山发三水"（修水、隽水、汨罗江）、"一山藏两教"（佛教、道教）、"一山观两湖"（鄱阳湖、洞庭湖），这在全县、全市、全省，甚至是全国来讲，都是绝无仅有的。

与黄龙山不同的是，在我县境内的宁州、黄坳、黄沙三乡（镇）交界处，也有一座名山，它就是海拔1197.6米的眉毛山，在山顶有一个"一脚踏三乡（镇）"（宁州、黄坳、黄沙）的地方，站在这里，可西观宁州和县城，东眺黄坳，南望黄沙，修水县城与三个乡镇的风光尽收眼底。

说起雷峰尖，它所处的地理位置也不亚于上述地方，这里南可望马坳，东南可望上杭、竹坪、义宁、宁州，西南可望渣津、石坳，北可望溪口，西北可望大椿。

登上山顶，极目眺望，视野开阔。你只管任时光流淌，任情思飞扬，怎一个心旷神怡、荡气回肠了得！

传说北宋初年，修水马坳、溪口、大椿一带妖魔肆掠，百姓遭殃，民不聊生。玉皇大帝得此情况后，为了擒魔降福，驱除黑暗，遂派出雷部五元帅之一邓元帅坐镇降妖,剪灭孽魔。经过不懈努力,邓元帅最终将所有妖魔鬼怪全部降服,还当地一个朗朗乾坤。

百姓对雷部元帅不畏艰难、擒魔降福感激万分。雷部元帅离去后,为了纪念他的丰功伟绩,当地人将坐落在马坳、溪口、大椿三地的大山称为"雷峰尖",祈求能庇一方之平安,开万世之太平。自从有了雷峰尖,周围十里八乡从此风调雨顺,国泰民安。

站在雷峰尖顶上,俯瞰山下旖旎风光,但见山岚、村庄、河流、公路……星罗棋布,错落有致。

徜徉在山水之间,顿感凡尘之渺小,世事之沧桑,生命之短暂。人世间,有多少情满怀、风满袖、爱之殇、恨入骨,都湮灭在这历史的烟尘中。

神秘的雷峰古殿

在雷峰尖上,有一座很有名气的道教宫观,它就是"雷峰古殿"。古殿处在海拔 988 米高的雷峰山脉半山腰上,这里石崖陡峭,山林茂密,素以清静旷远、风景优美、气候宜人著称。

8 月 31 日,我在马坳镇金坪村村民杨志华的陪同下,前往雷峰古殿采访。

据杨志华介绍,目前通往雷峰古殿的上山公路共有三条。一是从马坳镇金坪村至雷峰古殿 7.5 公里公路。该公路 2013 年 4 月通车,目前还有 2.7 公里没有硬化。二是从溪口镇下港村至雷峰古殿 7 公里公路。该公路于 2013 年底建成通车,路面已全面硬化。三是从溪口镇包家庄村至雷峰古殿 7.5 公里公路。该公路去年才建成通车,目前还没有硬化,路面 6 米宽,是三条上山公路中最宽的。

我们从金坪村上山,道路迂回曲折,一路险峻陡峭,一路风光无限。

20 分钟左右,汽车拐过一个急弯,抬头左望,雄伟的雷峰古殿就在眼前。"峰峦绕南北万民景仰威光返照佑太平,雷霆憾东西千年古殿重振雄姿迎众信。"古殿门前一副对联格外醒目。

古殿坐北朝南,面对马坳,背靠溪口、大椿。站在古殿前眺望,马坳、渣津、杭口、竹坪、石坳等乡镇似繁星点点,尽收眼底。

目前在雷峰古殿工作的管首共有 15 人，其中马坳籍的 7 人，溪口籍的 4 人，大椿籍的 4 人。

1067 年，雷峰尖四周十里八乡信众建造"雷峰古殿"，很快香火旺盛，游人如织。距离雷峰尖不到 20 公里的双井村，时年黄庭坚只有 22 岁，正值青春年华，意气风发，指点江山。

一日，黄庭坚受人之邀，前往雷峰尖云游，不禁被这里特殊的地理位置、奇特的山水风光所震撼，欣然提笔写下"雷峰古殿"四个大字，至今仍保存完整。

在此后的近千年历史中，雷峰古殿历尽沧桑，几度兴废。1373 年，天下初定，雷峰尖一带匪患不断，民不聊生。朱元璋遂派"武略将军"刘思德前往剿匪，为纪念刘思德将军剿匪有功，当地村民在雷峰尖顶建造"刘思德石祠"，后毁于战乱，至今还保留遗址和基石。

时光荏苒，岁月沧桑。人世间走过的是时光，不变的只有情怀和那颗感恩的心，一如雷峰古殿内那些香火，缠缠绵绵，萦绕在心头，不离不弃。

正在兴起的旅游业

"雷峰尖不仅是观光旅游的上佳去处，而且是修身养性的天然福地，更是一个传承红色基因的场所。"杨志华说。

修水县中共组织创始人之一、曾任中共修水临时县委书记的甘特吾是马坳镇人，为了发动地下党组织，他曾在雷峰尖居住过两个多月时间，并以此为据点，到大椿、上庄等地发展党组织。

1930 年 9 月，甘特吾率领县游击大队和赤卫队员 600 余人，与敌人在雷峰尖激战，最终将敌人击溃。在雷峰尖上，至今还存留着当年县游击大队和赤卫队队员开挖的战壕。

雷峰古殿三条不同方向的上山公路，不仅拉近了三个乡镇之间的距离，而且凭借古殿香火旺盛聚集越来越多的人气。

现在雷峰尖半山腰，正在兴建一个大型的农家乐，提供餐饮、住宿、大会议室、KTV 等各种配套设施，并且成立了农民专业合作社，吸纳 26 户贫困户，养蜂蜜 147 桶，种植生态蔬菜、果树、中药材等 80 多亩。游人可以自由采摘水果，此地还提供烧烤区域,正成为乡村游的好去处。

山中"天上钟家泉井",泉水清甜可口,清澈见底。此泉水不仅可以补充人体所需的矿物质,还能及时起到生津解渴的作用,更有美颜的功效。

另外,山中还有一处"三百年古窑"遗址,传说是古人用以储藏食物的地方。

杨志华说,利用雷峰尖的山水特色,目前正在开发"仙人看书"景点。栩栩如生的张果老石像,以及野猪乱石林、郁葱的青苔、参天的古树、漫山遍野的珍奇野果,无不让人称奇叫绝。

如今,一个集红色文化、攀登、餐饮、娱乐为一体的特色乡村游,正在雷峰尖逐步形成。

告别雷峰古殿,汽车再一次穿梭在崇山峻岭中。望着窗外秋色正浓,还有渐行渐远的景色,我内心不禁升腾起一种异样的情愫来。

有人说:"人的心灵就像一个容器,时间长了里面难免会有沉渣,要时时清空心灵的沉渣,该放手时就放手,该忘记的要忘记。清扫心灵的垃圾,每天刷新自己,这样才能重获新生!"

我想,雷峰尖不正是清扫心灵的垃圾,每天刷新自己的好去处吗?

何市神岭：安得山僧是远公

王贵赞

位于何市镇干桥村境内的神岭，是一座闻名遐迩却又尘封半个多世纪的名山。它地势不高，但地貌独特，是何市"八仙"之黄郭二仙修炼得道之地，历来为周边信众推崇。深秋时节，我走近了神岭山顶的白云禅寺。

何市镇下高速后，再有几分钟车程就到了神岭脚下。在绵绵细雨中，沿着新开发的路基，我们一路前行，右边是一片上百亩的开阔耕地。据介绍，这里正是神岭生态观光园，此地种有上百亩莲花，而中央屹立的是高大的观音全身塑像，观音慈祥、庄严的面容像是在庇佑着这块土地上的子民。幻想来年，盛夏的风绕过这里上百亩的莲花，荷叶被掀起层层绿色波浪，莲花送来阵阵清香，不就构成了"接天莲叶无穷碧，映日荷花别样红"的清丽雅致的别样景观吗？想来不禁让人陶醉。

沿着陡峭的山路，踏着铺设好的青砖台阶，我们徒步而上，山的两边有新栽种的各种名贵树苗，一两年后，前来朝拜者，将会看到这里是绿树成荫、环境幽静、空气清新、瓜果飘香的妙境。

在蒙蒙的细雨中，我们不时会发现一座座古墓。据了解，这数十座古墓，就是当年的僧塔，其中比较有代表性的叫子母塔。僧人出家本不管世事，待老母亲年老，不能自理，且无人照顾时，他们将母亲接到山上，圆寂后和母亲相依而葬，因此，才得名子母塔。历经岁月风雨，还清晰可见数十座僧塔，可见当年之辉煌。据传，鼎盛时期，该寺里曾有数百僧人。

将至白云禅寺时，眼前矗立的是一个硕大的和尚塑像，肩扛大方桶，铿锵有力。据介绍，这就是该寺里有名的麻和尚，他武艺高强，力大无穷，耕田后能一手抱起牛犊，一手浇水给牛洗脚，上山时也不用箩筐担谷，扛起数百斤的方桶，健步飞驰。

相传，在魏晋南北朝时期，曾有一日，在修水连绵起伏的群山之中，来了两位道士，他们身穿青色道袍，布鞋打绑腿，束发扎髻，风尘仆仆，难掩仙风道骨。两人步履轻盈，傍晚时分，他们已到达神岭山顶。此处天高地阔，只见远处青山托红日，夕阳映金霞。俯目朝山下一看，见四方一马平川，有良田千顷，村落炊烟袅袅升起，远山温婉，如一瓣莲花护持。道人喃喃念道："四山为花瓣，四村为花蕊，此地为莲心！"两人心头惊喜交加，遍访天下名山，今日得此仙缘，道一声"福生无量天尊，长揖而拜"。从此两人决定留下来在此结庐修炼，建道观，采灵气，传道统。这两位道人便是何市"八仙"之黄郭二仙，据了解，全国各地亦有数处黄郭二仙的道观。

黄郭二道羽化之后，乡人感念他们的恩泽，于神岭山顶建宇立祀，规模愈发宏大壮观。至盛唐，中国佛教大盛，佛教重要分支临济宗入主神岭，定白云禅寺。1036年，慧南宗师住江西隆兴（现修水县）黄龙山，盛弘教化，成黄龙派，为禅宗五家七宗之一，白云禅寺遂成黄龙派嫡传。

至明代，白云禅寺达到鼎盛，寺院规模庞大，有七八百名和尚之多，山下举目所见，皆是庙产。20世纪80年代，附近村民用土垒了三间厢房，作为白云禅寺的临时庙堂，经过30多年的风吹雨淋，土房已破烂不堪，摇摇欲坠。

余秋雨先生曾说过："中国的历史太长、战乱太多、苦难太深，没有哪一种纯粹的遗迹能够长久保存。"20世纪六七十年代，跟全国的许多名胜一样，白云禅寺的古迹也毁于一旦。

为发展乡村旅游，江西荣昇国际旅行社董事长张荣生筹资，重建白云禅寺，得到当地村民赞赏，自发地为该寺建设捐资，同时也得到其在广东潮汕地区的诸多好友、虔诚信徒的募捐。

黄龙寺拾遗

戴逢红

寂 落 黄 龙

在追逐喧嚣与浮华的热闹里,黄龙是沉寂的。

无论是湘鄂赣三省交界的区位,还是吴头楚尾的美称,都难掩黄龙边远偏僻之现实。贫穷与落后,曾让黄龙山的子民们仰天长叹、逃奔他方,而荒凉与寂寞,反而成就了黄龙的原始生态和自然美景。

黄龙是传统深闺中古典绝色的处女,未经尘世的侵袭,远离粉黛侵染,没有铅华的污浊。这是与生俱来的一块净土,苍天恩赐的一方乐园。

这位一直酣睡的懵懂女郎,偶尔也慵懒地撩一下眼,听听遥远的信天游,做做蓝天白云的梦。她一点不在乎自身的价值被埋藏,压根未考虑优势的发掘与张扬。一如天地之自然,一任日月之升降,恬静而无争,古典而大方,纯朴得让你心动,清新得让你心痛。

黄龙的空气是那样清新,甜津津的柔嫩;似乎宇宙洪荒时留下的最后一泓,黄龙的水是那样晶莹,凉沁沁的芬芳;盘古开天时一定很匆忙,黄龙的石头是那样朴拙,活鲜鲜的生动……这无边的原始啊,就是我们远古的家园!这里的原始会让你灵魂升华,这里的天籁会让你良知苏醒:你不会在这里丢一个烟头,因为那感觉就是犯罪,更不会在这里吐一口唾沫,因为那是对自己的亵渎。

黄龙原始古朴,又美丽奇特:轻灵隽秀胜过庐山,雄绝险峻胜过华山,奇灵变幻胜过黄山。攀登到黄龙之巅,你会看到:东面风光旖旎、莺歌燕舞、水流凿凿、柳暗花明,西面群山巍巍、峰峦挺拔、重重叠叠、凝重旷达,南面平地高耸、石壁参天、陡峭空悬、鸟道断绝,北面古木参天、郁郁葱葱、山涛阵阵、鸟声清脆。

跨越时空四季,你会发现:黄龙春鲜艳,夏热烈,秋绚丽,冬晶莹。冬春之际,一面山花灿烂、香飘百里,一面冰雪犹存、剔透可人;而秋冬之交,天高云淡,层林尽染,极目吴楚,但见鄱阳洞庭波光粼粼,万里长江白帆点点。

黄龙是这样安静宁怡,可能你会碰到云豹、猕猴在旁若无人地尽情嬉戏,请你不要惊慌,因为这里本是没有人居的桃花源;黄龙是这样自然和畅,也许你会看到绿雉、白鹇在其乐融融地轻盈曼舞,请你不要愕然,因为这里就是可以登临的天堂。

黄龙不仅是日月精华孕育的绰约美女,还是天地灵气造就的睿智老人,更是一部尘封的写进土壤的历史。胸怀仁慈宽厚,气守安然宁静,你就可欣赏她动人的美,能谙悟她别致的韵。但你要破译、解读她的灵魂,挖掘、诠释她的内涵,必须拥有知识的梯子、智慧的钥匙、想象的翅膀、心灵的感应。

"禹治水,登斯山,勒石铃铭。"黄龙之上,你看到了亘古无边的波涛吗?理解了大禹海一样的胸怀和天一样的气魄吗?"只角楼高近斗牛",只角楼上葛玄苦修的云巢里,面对茫茫九州熙熙攘攘,你有什么感悟?穿越时空的隧道,试剑石前,我仿佛看到初出茅庐的吕洞宾电光火石般砍下惊天地、泣鬼神的千古一剑;身心与天地的交融中,营盘幕下(幕阜山脉因此得名),依稀听到三国时太史慈与刘磐两军对阵的金戈声响和嘶嘶马鸣,更似乎看到尸积如山、血流成河的惨状。抚摸一处处无价之珍的黄龙摩崖石刻,那感觉就是握到了前贤们温暖而亲切的大手。

"石石有来历,景景有传奇",这就是黄龙的底蕴,亦是黄龙的骄傲!完全可以这么说,黄龙山遍立的巨石,都是前贤们伟岸的身影。从大禹、葛玄、葛洪、吴猛、许逊到超慧、慧南、苏轼、黄庭坚、张商英、韩驹、刘基……一个个是那么真切,又是那么虚缈,你可以感受到他的气息,却捕捉不了他的音容。黄龙山是有幸的,几千年的侵染,山上的一草一木,都散发着文化的气味。厚重的历史与文化溶进了土壤,化为滋润黄龙的养分,使黄龙山比其他山多了一样韵致,多了一丝矜骄,多了一种内涵,多了一份精神。翻开黄龙山的土,那一层层都是历史;捧起黄龙山的石,那沉甸甸都是文化。

沿着历史的足迹,我拜倒在黄龙寺的遗址面前,这就是三敕崇恩禅院吗?我被其硕大的场面震惊和征服。"鹿野狐园,众千二百神僧……"史料的只言片语，记述着当年黄龙寺的宏大规模；而残留的高矮不齐的一百多座僧塔，则印证了黄龙寺昔日的盛大场景。悠扬的暮鼓晨钟仿佛又在山间回荡，悦耳的佛颂梵声似乎正在天际萦绕。

三关桥上，我一面逡巡着立三关、开话禅、创黄龙宗的禅宗宝地，一面体味着慧南祖师独步丛林、领袖群伦的气度与风范，感叹着慧南祖师的聪明智慧与坚忍毅力，不敢相信禅宗七宗之一、影响世界至今、造就修水几代文人如黄庭坚、陈寅恪等的黄龙宗派，就是从这山旮旯里走出去，并东渡日本，由日、朝传至东南亚，最终远播欧美的。

我揣度，一定是黄龙的钟毓启迪了僧人的心智，黄龙的落寂净化了僧人的心境，黄龙的偏僻阻隔了外界的纷扰，黄龙的贫穷锤炼了僧人的意志……才使慧南们能空旷地冥想，静寂地沉思，在与山的问答里，在与自然的对话中，回归了人的本性，澄辨了人的本质，从而感悟了佛学之真谛，参透了人生这个严肃的哲学命题。

灵 源 桥

黄龙寺前约一公里处，弯弯曲曲的黄龙溪上，有一座普普通通的单孔石拱桥。千百年的践踏，使桥面的石头磨得凹凸不平；无数次的碰撞，便两侧的护栏断脱得参差不齐。桥的周身爬满了藤条枝蔓，石头缝里顽强地生长着细叶灌木，桥的左侧是新修的雄伟的水泥大桥。蜷缩在两岸绿树翠竹丛中的老石桥，一点也不引人注目，显得苍老、衰败、颓废，早没了昔日的气派，也看不出曾经的辉煌——这就是历史上声威显赫的灵源桥吗？

曾经的灵源桥，令九州景仰！

它是黄龙寺著名风景"九关十三锁"之一锁，与"三关桥"一道，享尽了人间的殊荣，撷尽了世间的风光。灵源桥，因为黄龙寺在唐宋间三次被封敕而名扬四海，由于黄龙宗弟子的"横被天下"而享誉八方。"文官到此落轿，武官到此下马"，多少人间显贵为你折腰，多少高官权臣因你盯尊，飞扬跋扈在这里雨打风吹去，顶礼膜拜从这里三跪九磕始。你是黄龙寺隆盛的起点，是黄龙寺辉煌的印证。时至1988年，黄龙宗日本支到黄龙觐山礼庭，对灵源桥进行了祭奠追思。

灵源桥的名字,似乎与黄龙宗第三代弟子、黄龙寺第六代住持惟清了洁很有干系:灵源惟清,谥号了洁,俗姓陈,武宁县人,自号灵源,名存《五灯会元》。他儒佛双修,为一代高人,与山谷、佛印友善,常有诗书唱和。

"灵源大士人天眼,双塔老师诸佛机。"这是山谷老人晚年《自巴陵略平江临湘入通城无日不雨至黄龙奉谒》中的诗句,诗中除表达了对授法恩师祖心和师祖慧南的无限推崇钦佩之情外,更给予了灵源惟清高度的评价。

据传此地原并无桥,所以每逢雨季,必路途不通且常有人溺水,灵源叟为解世难,遂亲往募化建桥。乡人感其德,乃名之"灵源桥",后成为觐礼黄龙的起始。

山谷老人作为黄龙寺的居士,此次冒雨夜奔黄龙,是否因恩师祖心圆寂不得而知,但"山行十日雨沾衣",却表明季节定在春末夏初。春雨如注、山洪暴涨,不知山谷老人是怎样渡过黄龙山涧的?其时可有灵源桥否?蓑衣斗笠、浑身泥泞的老人是从灵源桥蹒跚而过的吗?

历史如烟如雾,是非似幻若尘。山溪北岸,两桥之间有一巨石,石的底部书有"灵源"二字,字体苍遒秀美,谁人手笔待考。石顶有一碑,是1987年江西省人民政府所立——关于灵源桥等定为省级文物保护单位的布告,在向世人昭示着此桥昔日的尊荣和历史的厚重。

有趣的是巨石旁另有一块民间所立小碑,上书损黄龙古迹者,定遭报应并祸及子孙云云,且举例某某。令人捧腹的是某某一段又被其后人凿去。通篇用词用语虽欠通欠妥,但拳拳之心可表可鉴,由此可窥灵源桥和黄龙寺在百姓心中传承的分量与至高的地位。

如此,幸甚!喜甚!

三 关 桥

黄龙寺正前方、黄龙山左右两溪相交处,有一座普通的石板平桥。细心的人不难发现,此桥桥墩三座、桥跨三丈、桥面三石、桥宽三尺,共用石333块。这不是巧合,是有讲究的。因为这就是佛门至宝三关桥,是僧俗景仰的佛门圣迹,出家人心驰神往而又极难逾越的关隘。

为何此桥命名三关呢?原来,宋治平年间,慧南普觉禅师"传石霜之印,行临济之令",在敕赐"崇恩禅院"黄龙寺创"三关"弘法,起禅宗于末运,自成黄龙一宗,使黄龙寺"名振丛林",学人风至,僧侣云集。慧南祖师接引学人的三转语是:一问"人人皆有生缘,上座生缘何处",二问"我手何似佛手",三问"我脚何似驴脚",三十余年,示此三问。因其机深玄奥,非智慧过人、悟性非凡者难以契旨,因此丛林视之为"黄龙三关",并有"三关陷虎,坐断十方"之誉。破关而过者,被形容为过"三关"。天长日久,虚实结合,心理之关形象成现实之桥,且随"三关"学说的广为传播,三关桥也名扬四海,并成为佛学里寓意深远的专用术语。

  生缘有语人皆识,水母何曾离得虾。
  但见日头东畔出,谁能更吃赵州茶?
  生缘断处伸驴脚,驴脚伸时佛手开。
  为报五湖参学者,三关一一透将来!

这是黄龙祖师慧南阐述"三关"的偈语,不仅深刻地指出了佛学要触目而真,体之即神,不能生吞活剥的宏旨;而且精要地明晰了修行须参破红尘、四大皆空,应触机顿悟、因因得果的义理。

芸芸众生,勘破世事者几许?滚滚红尘,淡泊名利者些微!

因此,三关桥是令人敬畏的!

我不懂三界五行,更不明轮回因果,但我叹服慧南的精微佛理,感服他的智慧机锋,折服他的高深修行,钦服他的洞达人生——果不愧一代宗师,理应享祭万年。

生活中的三关桥不过三丈,心灵里的三关桥只在一念。但多少饱学之士为之扼腕而叹,多少风流才俊因之命断魂牵;超然物外者掉臂而去,圈于名利者寸步难行。当真是一念咫尺天涯,一桥天上人间。

呜呼,三关桥,心灵之关,现实之桥!

云　巢

这是一个诗意、美丽而动听的名字,让我至今怀念命名者的高雅、浪漫与激情:云霞的家,绚丽、缤纷,怎能不让你心动神往?彩云云集,虚灵、变幻,那是上天的仙境啊。

云巢,光是名字就勾起了我的不尽遐思,引发了我的无限怀想,教我浮想联翩、心旌动摇!

最早知悉云巢,是读东晋葛洪的《幕阜山记》:"有葛仙翁炼丹井,药臼尚存……"文后有注释:葛仙翁即葛玄,三国吴琅琊人,炼丹道人,曾在江西修水幕阜山只角楼结草为庵,庵名"云巢"。

云巢是有历史的:"层巅控禹碑,绿字证岣嵝。"出典就是史料"禹治水,登斯山,勒石钤铭"的记载;另《晋书》《搜神记》《幽明录》等均载有吴猛率净明派创始人许逊"炼神丹于艾城之黄龙山",并于"云巢"成仙的故事;书法大师、江西诗派始祖黄庭坚,字鲁直,号山谷道人,其山谷之号似乎亦与"云巢"有关:

江南一峰独高寒,时时笑语云间宿。

弟兄出处两相高,故做云巢对山谷。

这是山谷好友、黄龙三世弟子、少年即扬诗名、时有"禅门司马"之誉的高僧慧洪,在《鲁直弟稚川作屋峰顶名云巢》中的诗句。黄庭坚自小即寄名黄龙寺为居士,羡"云巢"而号山谷似也不无可能。

怀着对前贤的敬仰和对云巢的好奇,我们一行自"温泉"过"回龙寺",经"鹰嘴崖"、爬"好汉坡"到"龙鳅塘",便见西向"一峰高耸望迢迢"——那就是"绝顶万丈巢飞仙"的"只角楼"。

只角楼乃黄龙山绝顶一突兀高耸的庞然巨石。万峰丛中一石独出,的确巧夺天工,令人叹为观止,使人有鬼斧神工之想,生造化神奇之念。近前才知只角楼高于地三四百米,周遭长约一千米,整块巨石浑然一体,极像一个西向的硕大"人头"。西、南两面峭壁悬绝,"右眼"部位有一凹穴,即云巢;东、北两面是"人头"的后脑,虽稍有倾斜,亦陡峭无路。

我们手脚并用,从"后脑"开始攀爬,"扪箩蹑蹬"终到山顶,山顶倒是比较平坦。站在岩顶,"尽道洞庭俱在眼",但"尘埃不辨岳阳楼"。岩顶有一石鳞,宽仅盈尺——"炼仙台悬路一条"——那是至云巢的唯一之途。我们攀吊而下,一路胆战心惊,总算下到了云巢。

名闻遐迩的云巢,是高约丈许、底宽八尺的不规则三角锥体岩穴。站在云巢,风从脚下起,云在巢外飘,三面是坚岩如铁,一面是悬崖千仞,虽有几分凌云成仙之喜,更多却是沁入骨髓之怯。云巢左侧,还有一个直径约一米的半圆形石穴,底下石块表面平坦,但可微微摇晃,岩缝中几棵坚强的筱竹,随风在石面上拂扫着——"幕阜有尘青竹扫",这是传说中葛仙翁的打坐处。但往来得从峭壁上突出不到半尺的石棱上攀爬,真有点不可思议。我半跪着探头窥察,但见岩深不可测,耳边风声呼啸,不由得心寒腿软,虽然极想亲临体验,但勇气已荡然无存。巢内风劲石凉,待了不到半个小时,我们都已寒战微微,算是体会了"琼楼玉宇,高处不胜寒"的滋味。

云巢正下方,抚石壁而下百米左右,抬头上眺,悬崖绝顶处,有一前端三角形的石梁自云中探出,如巨龙昂首,又似出弦利箭,但更像亭台一角:远古时龙凤相斗,龙角脱落挂于山崖——这便是只角楼亭的来历。由于"只角楼高近斗牛",故只角楼分一、二、三层。

"凉亭万古今犹在,只角楼成世界雕。"伫立只角楼下,凝望镶嵌在悬崖上的云巢,我不禁为这鬼斧神工的自然景观而赞叹,更为九死不悔的"葛玄们"所感动:在这人迹罕至、"鸟道断绝"的高寒之地,为了心中那虚渺的目标,他们付出了多少努力与拼搏,遭遇了多少艰难与困苦,忍受了多少孤独与寂寞……我钦佩他们的恒心和毅力,折服他们的坚忍与意志,姑且不说他们的饮食生计何以解决,单是这四季风劲、长年苦寒就令常人难以煎熬,不敢想象啊!现代社会的芸芸众生,在衣食无忧的日子里,在舒适惬意的环境中,即便为了自己钟爱的事业,有几人能如此坚忍不拔和一往无前呢?

一切敢于直面艰难、勇于接受砥砺的人,都是值得我们尊敬的!

透过"云巢"云蒸霞蔚的表象,我仿佛走进了命名人的内心:大凡艰难困苦,必兆美好未来。

观 音 井

黄龙寺左,有一石亭,其柱、挑、橼、盖通体由花岗岩砌成。从岩石的风化状况看,年代相当久远,保存却非常完好,从它身上很难感觉岁月的沧桑。镶嵌在青山翠绿中的石亭,不仅精巧,而且雅致,细品还别有一番韵味。

亭下有一井,这就是声名颇著的观音井,它与灵源桥、三塔咀及众多的摩崖石刻一道,被列为江西省省级文物保护单位。

　　遍布世界的黄龙弟子们心中,观音井现成为黄龙寺的象征,黄龙精神的升华。日本的黄龙后嗣,几次前来觐礼,万里迢迢都不忘带一桶水回去,体现其对黄龙祖庭圣山的思慕,表达饮水思源之真情。

　　夏夜流萤飞舞的清谈里,冬日暖阳慵懒的闲聊中,湘鄂赣边界的广袤大地上,到处上演着观音井不同版本的神话与传奇,伴随了我的整个儿童和少年时代,我就是在民间版的黄龙文化的熏陶与沉醉中长大的。

　　传说吕洞宾与黄龙寺开山祖师超慧斗法,双剑被打落在观音井中取不出,无奈只得遵从超慧意旨,在寺内做侍客僧三年。三年期满,洞宾不仅如愿取到了剑,而且佛法已成,成为集三教合一身的古今异人。

　　超慧命洞宾取剑,洞宾其时虽法力大增,用手却难动宝剑分毫。超慧说:"以背取之。"洞宾如其言,以背向井,左手紧抓井上石亭柱子,右手反转紧握剑柄,脚踏井沿,运足气,猛然用力,剑是抽出了,而柱子上已掐入了深深的两道指痕,井沿亦被其撼动,并留下了深深的足迹。现洞宾手痕、足迹至今仍在,一如当初,成为游览者唏嘘吊叹的凭证。

　　洞宾取出剑后,超慧命其背一剑仗侠行义,留一剑镇守山门。这就是成仙后的吕洞宾身负单剑的来由。

　　"井号观音盖石亭,洞宾遗迹果然真。"

　　"洞宾背剑"的故事脍炙人口,广为流传,黄龙寺因此声誉日隆、震撼禅林。如今,为了保护观音井不受损害,也为了保证井水的清洁,更为了保持历史的延续,亭的四周已砌上了坚固的围墙,并配有锃亮美观的栅门,每日只定时向游客开放。

翠　云　洞

　　在黄龙寺故址正后方,有一个去处,地方虽然小,名字却非常美丽——"翠云洞"。

　　我们慕名而来,可左右寻不到洞,遍山青翠中,但闻鸟鸣婉转,感觉惠风和畅。终于在一条山涧边找到了"翠云洞"三字石刻，我们一阵兴奋。山涧并不大，洞壁也不甚高，只是除开头部分比较开阔外，往上全被茂林修竹覆盖。我们正要往洞里钻，一过路老农微笑着告诉我们，洞就在左壁上。我们拨开茅草，借助乔木筱竹，攀登而上，只三五步，就到了洞口，却不禁大失所望：原来翠云洞是逼仄得只容得下一条狗的不规则石穴。

我们大呼上当，却又不死心，探头在洞穴里逡巡着，希冀有所发现。洞穴的内壁很平整，似乎还有凿痕，我们用手抠、用草刷，果然是字。我们高兴地用红漆图描，并逐个念出来：张颜几、黄叔豹、叔敖、茂来谒长老清公，时堂中有众五百人，建炎己酉二月甲子。其侧"韩驹马驰来游"——原来是宋代权臣韩驹的遗墨。黄龙果真处处是宝，石石有奇，连这个方尺之地竟然也有这等来历，不由不令我们嘘唏。

洞下，是山涧的尽头，泥土全被溪水冲刷殆尽，留下远古洪荒的石底，石底前陡后坦，因而水流虽小但湍急。石面上有一条人工雕凿的小渠，小渠宽八寸，深八寸，长约三丈。小渠尽头也是洞的尽头，凿有一长约二尺五、宽约二尺、深尺许的长方体石池。湍急的水流到这里，旋转着，奔腾着，一部分从正前方半月形的小缺口溢出，一部分经后方右侧下面的小圆孔流走。整个水渠石池浑然一体、雕凿细腻，上面的缺口保证池水不至四面乱溢，下面的小孔排泄泥沙污垢，保证水池干净清洁和池水常新。看得出雕凿人是用了一番苦心、费了一番思谋的，整个设计浑然天成，无可挑剔。

这就是黄龙寺著名的景观"僧浴池"。

借自然之形，引天然之水，创造集淋浴和池浴于一体的沐浴方法，而且是在一千多年前。站在僧浴池前，谁还敢说和尚只会念经？敢说和尚不懂生活？黄龙寺的和尚就幽默而活泛、灵性且睿智！

真不敢相信，仅几丈见方的翠云洞，竟然交织着今与古，穿插着虚与实，隐藏着如此深厚的历史和令人景仰的来历，承载着如此精巧的构建和飘逸飞扬的想象。

上 天 梯

沿黄龙寺石溪而上，行不多久便有水声潺潺，转过一个山嘴，又一道青山横亘眼前，溪水就是从山中凝集流出。

山嘴的西面有一石墙，高约二丈，周身爬满了藤蔓，中间竖书"南无阿弥陀佛"，早年加过的红漆现已斑驳，但因字体较大，故仍可一目了然。

离石壁约八十米的溪流右侧，是一突兀光秃、黑黝如铁的小石山，因这里是进山的必经之途，不知于何年何代，石山上就雕凿了"之"字形石阶，共有一百多级，远望犹如铺在石山上的绳梯，古人名之曰"上天梯"。

据说溪内有黄龙寺一千多年前的化人坑，因此我们在对上天梯进行了一番欣赏探寻讨论之后，继续沿溪而上。水声越来越响，水花越溅越高，这是一条极不规则的溪流，落差大，巨石错陈，怪石嶙峋，两旁树木葱郁，逼仄对峙，山风掠起溪水凉意，沁人肌肤，好在我们伴多，虽觉瘆人，却无怯意。

久远的化人坑是找寻不到了，风雨的雕剥，草蔓的侵蚀，连丝毫的痕迹都掩盖得无影无踪。令我们惊喜而不虚此行的是，在溪的右侧，一块人工雕凿的石壁上，我们发现了大书法家黄庭坚手书的"三关"石刻。"关"字为古体，每字有近三尺见方，行楷笔法。在用红漆描摹之后，"三关"二字犹显苍遒，仍可感觉到书写之初的风采。只是经过千余年的风化，石刻已岌岌可危，其左边的落款就已脱落殆尽，无法辨认，引为憾事。

"三关"二字的发现，淡化了不见化人坑的失落，我们聚在一块大石上，七嘴八舌地发表着各自的见解。

我也明白了书"三关"于此的含意：生为悟三关，死有三关伴！这既是每个黄龙僧人的夙愿，也是黄龙僧人的荣耀，更是僧人们的精神图腾。

站在这个角度，让黄龙寺的化外弟子、名满天下的黄庭坚来手书"三关"二字，正是得其所恰。这也从反面印证了乱石参差的溪槽，就是所谓的黄龙寺化人坑。

西峰寺传奇

李铁岩

修水县漫江乡是个群山环抱、田土肥沃、气候宜人的地方,也是宁红茶的源产地。山漫不到庄,茶叶不开箱,这是指全国各地茶叶运往汉口(指武汉,清末民初大商埠)茶庄的茶叶检测和交易的规矩。漫江乡旧时素有小香港之称。我今天要写的这个故事与茶叶无关,是即将失传的民间故事。这个故事可能连在漫江乡土生土长的中年人都很少听说过……

并不是我故弄玄虚,而是我在1987年组织山口区各乡镇对分散居住的五保老人进行生活普查时从一位当地85岁的五保老人那儿得知的,只不过通过文字加工整理而已。

很久很久以前,在漫江境内有座山峰叫李胜尖。山峰高耸入云,站在山巅东可望五梅山,西可望黄龙山、雷峰尖,北可望九宫山。山势险峻,云雾缭绕。有位叫李胜的高僧曾在此结庐修炼。高僧圆寂之后,他的草庐就成了当地百姓朝拜之地。据五保老人说,新中国成立前,每逢农历初一、十五上山朝拜的人很多,晚上朝拜的人打着灯笼纷纷下山,灯笼火把就像戏龙一样,非常热闹。

在李胜尖西北侧的半山腰有块小盆地,这里有水田旱地百余亩,山清水秀,景色迷人。如果早晨时分你站在小盆地的东向隘口朝东面山口、漫江塅里望去,村庄、河流、田野全都笼罩在一片雾海之中,十分壮观。而自己呢,就像站在电影《七仙女下凡》天庭的南天门一样如入幻境,缥缈空灵。这里就是原来的漫江乡西峰岭村(以后与北山村合并)。

话说从前这里有户大财主,垄断着这里所有的山林田地,除自己有七儿一女外,长工不计其数。自己信善施众,口碑很好。有一天晚上,老财主做了个梦,梦见一个白发苍苍的老头对他说句偈语"柳树吊金钟,西峰永不穷",并带他到他家门前指着大柳树和旁边地下,说要有八个亲兄弟才能将金钟挖出来吊到柳树上,说完就不见了。老财主从梦中醒来,觉得蹊跷,第二天清早他就到柳树下左观右看,莫非是李胜仙人托梦给我?金钟埋在这里?宁可信其有,不可信其无。但是,自己只有七个儿子一个女儿,哪有八个亲兄弟呢?想想有办法了,俗语不是说郎甥半子吗?女婿也可算一个。于是,他就将儿子和女婿叫到指定地址挖金钟。果然,挖到丈把深的地方发现一个类似金钟的非铁非石的东西。老财主说快把它抬出来。"八兄弟"费了好大的劲才抬到岸边,快上岸时,其中一个兄弟喊:姐夫,着力呀!话刚一落,绳就断了,金钟又掉到坑里不见了。随后,一股清泉喷涌而出。也就有了这股清泉,灌溉着水田,确保田土大旱无忧,家业更加兴旺……

老财主为了报答李胜仙人的指引,就在本屋对面出资兴建了供奉李胜仙人的山寺——西峰寺,一说唐理顺禅师始建。西峰寺就成了远近闻名的禅寺,据说寺内兴旺时期有僧侣和闲杂人等三百之多。此言不是诳语,我见到在对面不远的小山上,有许多埋葬和尚的和尚塔。

听完五保老人讲完这个故事之后,我专门到西峰寺察看。西峰寺当时的规模应是很大的,主殿一进三重,寺后有住持阁、藏经楼,两侧有厢房、厨房……我去看的时候主殿已破烂不堪,但在左侧厢房里还住着一户人家。主殿中堂地上有一座一米多高的大铸铁钟,约有八九百斤重,钟上铸满梵文和古汉字,以我的这点文墨根本辨读不全。时隔八年之后,我又去西峰寺一次,这次铁钟还在中殿,厢房的住户搬走了。寺前的柳树蔸还在,旁边长出新枝……

这个故事告诉我们,虽然金钟没有吊上柳树,却意外收获了一股清泉。清澈甘甜的泉水汩汩地流淌,滋润着西峰岭和漫江乡村民,造福子孙万代……只要你努力了,就会有意外的收获!

最后,我把今年三月发表在《中国诗歌报》诗词创作中心网络平台上的一首词作为结尾吧。

寻芳草·西峰古寺

峻岭陡山处。似仙境,鸟鸣花语。涧溪边,袅袅飘淡雾。寺庐前,果蔬土。
总慕闹华居。那知道,乐中寻苦。古神僧,喜占名山住。离世扰,清心悟。

久宅何不去逍遥

谢小明

今天是双休日,我们一家人驱车来到大坂尖踏青春游,逍遥逍遥。大地上,一切都是新的,阳光明媚,充满生机。田野上,麦苗返青,一望无边,仿佛绿色的波浪。那金黄色的油菜花,在波浪中闪光。山岗上,红的、黄的、粉的、白的、紫的……百花争艳,纵情怒放,清香馥郁引蝶蜂。森林里,莺歌燕语,泉水叮咚,那灵魂深处的声音,悦耳动听,就像欣赏一场音乐盛会一般。

我所说的"逍遥"有两层意思:一是缓步行走,优游自得,斟酌、玩味。即回归自然,到乡村山野去,漫步闲游,寻学访道,玩味方史,乐在其中。二是到逍遥山去,吸吮甜的空气,饱尝香的甑饭,撷掇艳的春花,体验那"仁者乐山,诚者向道,毅者笃行"的情趣。

逍遥山又名大坂尖,位于修水县何市镇、黄港镇与黄沙镇之间,距县城约20公里,距大广高速何市出口仅几公里。海拔近千米,山势高峻,形如笋粄。山巅绿树白云之中建有"白云仙宫",高山仰止,凌空欲飞。那是赵白二仙的道场,集儒、道、佛于一体。

相传汉晋时期,赵玉祯、白玉祥两人曾学道于净明忠孝道始祖许逊,之后在逍遥山结庐修炼成仙。因两仙善医济世,道法深玄,颇得时人崇奉。北宋淳化元年(990),何市戴姓倡建白云观纪念赵白二仙,后几经盛衰,儒、道、佛共祀一寺观,明末清初更名为白云寺。明宣德年间,皇上还御制香炉赐赠仙宫。有碑文记载:"赵白道场,肇自唐宋,朝谒不息。""唐宋以来,是山日显,越千百年。"苏轼、佛印、杨徽、黄庭坚、章鉴、徐禧、戴衢亨、陈寅恪等历史名人曾来大坂尖祀奉游历过,并在此留有诗词碑记。清户部尚书戴衢亨曾题"白云仙宫"匾额,如今尚在。寺内设有"大雄宝殿""赵白仙居""濯灵宫"。殿旁还有四间客房和一间会议室,客房是为"朝看日生海曙,夜观月起东山"的游客提供休息的场所。

据考它最早是书院,始建于清乾隆十九年(1754),专门为附近山民子弟免费念书用的。寺外有千年古银杏、逍遥山碑刻、观日亭、仙果园等名胜景观。

眼下已修通公路,汽车可直达景区,几近山顶白云寺。我们下车后,开始挪步登千级台阶,可谓是一步一个世界。半里长的台阶,十五分钟的行程,仿佛登天之道。

山不高,近千米。门经年敞开着,却被云霭紧锁。拨开云雾,踏进寺门,便踏进了虚境,可抚云,可抱日,可虚怀。每一步拾级而上的,不只是疲惫的脚步,还有一颗向善的心,一种向美的意;这种美,是一种惊险的美,一种磅礴的美,一种随心所欲、不拘一格的美。因为世界上最美的事儿,能比得上揣一颗禅心看看闲云吗?我顿时不禁吟起两首诗:"逍遥齐物理,树梢抱云虹。云乃天地气,过眼亦无穷。""缥缈得仙梯,上可摘月星。星月如心镜,有心镜自明。"

游览完白云宫、观日亭、仙果园等景观,已是午饭时间。寺院有膳食提供,不贵,十元一人,只是云耳、萝卜、油豆腐、薯丝、白米、甑蒸饭。或因是清规律地,席间没有海鲜肉食,但有鲜蔬山菌,不管你来自都市还是乡村,甚至习惯于荤腥大餐,包你吃得津津有味,赞不绝口。

席间,遇上几位常来的游客,他们介绍,此地四时风光无限,就连雨雪天这不太受人们喜欢的天气,登大坂尖也有一番风味。雨天,是烟是雾,让你辨识不清,只见灰蒙蒙一片,但可"乘天地之正,而御六气之辨,以游无穷"。雨过天晴,云沉山现,眼阔心空,每挪一步,就有一个画面。虽过眼云烟都是幻,仍能将山势之高和山势之奇表现得淋漓尽致。雪天若徒步上山,正当山回路转不见君时,雪上定留黄麂履迹,人与自然和谐共存,更让你有尽览西岭千秋雪,"疑是林花昨夜开"的超脱空灵境界。最有趣的要算夏秋时节到白云仙宫小住两日,赏晚霞夕照,"晚风拂翠暮钟鸣,夕阳山外山",意境清晰,画面秀美的环境定会勾起你的思绪。道长会邀你回白云仙宫共进晚餐,就怕你会"欲归还小立,为爱夕阳红"哦。吃过晚饭,来到仙果园,你可以满怀豪情逸志,举起双手,向着明月靠近,幻想飞越层峦叠嶂,摆脱尘世俗气。或者"举杯邀明月,对影成三人",向明月这个知心朋友问候,共叙欢情。五更时分,在观日亭架着相机等候旭日东升,

"忽见明霞吐海东",让你领略一番磅礴的日出东方美景。

　　返程途中,我琢磨着,至今不知愁煞多少江南才子的绝世独联,"尖山似笔,倒写青天一张纸"。我是肯定对不上的,但它告诉我们大坂尖无论春夏秋冬、阴晴雨雪都会给人带来不同的享受,是一本永远都读不透写不完的书。

修江第一禅林：云岩寺

熊耐久

在修水上游河畔，有一座千年古刹——云岩寺，坐落于修水县城中心。明嘉靖六年（1527）宁州（修水县前称）同知林春泽题额云岩寺为"修江第一禅林"，匾额悬挂在大殿的门楣之上。笔者查阅了《云岩通志》及相关资料，所谓"修江第一禅林"确有其历史根源和现实意义，云岩寺在江西佛教史上占有十分重要的地位。

其一，云岩寺是曹洞宗洞山良价的发迹地。据旧志记载，唐代著名高僧昙晟（781—841），俗姓王，唐钟陵建昌（今永修）人，幼年投靖安石门山泐潭寺（今宝峰寺）出家，受具戒后，参百丈怀海为侍者，后参湖南药山惟俨始得心印，承惟俨法嗣。贞元二年（786），时年17岁的昙晟结茅于常州亥市（今修水县城老城区），创寿圣院，为开山首座，后弘法于湖南潭州澧阳（今攸县）云岩寺。宋会昌元年（841）十月，昙晟在潭州示寂，荼毗得舍利千余粒，修水、潭州二处云岩寺俱建灵塔。修水云岩寺建灵塔于凤凰山南麓，塔曰：净胜。唐宣宗大中末年（859）敕谥无住大师。洞山良价即得法于昙晟，从昙晟受心印。而立之年，洞山良价曾入修水阿耨院为住持，易名洞山寺，自号洞山禅师；后偕徒本寂云游传法，行遍大江南北，形成江南地区9处洞山寺场的胜迹。洞山良价晚年入住宜丰洞山，与徒本寂共创曹洞宗教义，成为中国佛教主流禅宗之一。清康熙元年（1662）应江南道俗之请，曹洞宗三十四世元洁净莹入主云岩寺，主持全面修复寺院工作，扩建殿堂，规模宏大，江南罕见。大雄宝殿中佛像高达十丈有余，佛掌可容数人。同时，元洁主持修纂《云岩通志》8卷，宗风远振江南各地。沿元洁之传，曹洞宗一直维系云岩，后有平谷、空谷等住持云岩寺，僧行颇高。

其二，云岩寺又是黄龙宗的开拓之地。唐乾宁二年（895），黄龙开山祖超慧在黄龙山东麓创建永安寺，开堂说法。光化二年（899）超慧又在县治重建云岩寺,继复畳晟事产,殿庑堂寮焕然一新,成为黄龙寺所隶名刹。由于德行颇高,超慧曾受到朝廷旌表为"大德祖师",赐以紫衣,云岩寺遂成一大丛林。不久,寺毁于五代战乱,北宋初渐次修复。元祐年间,有玉山僧法清结庵于寺旁古木间,取名"顾庵"。时黄庭坚忧居里中,绍圣二年(1095)遂同地方士绅敦请黄龙高僧死心禅师入主云岩寺,时为修水六大禅院之一。死心之后,灵源、慧洪、法清等相继主持法席,黄庭坚推崇为"纳僧之命脉,今江湖淮浙,莫出禅之右者"。死心系黄龙宗三世,至其门下受法广其传者8人,分居江南部分寺院,对黄龙宗传播起了积极作用。

其三,云岩寺是佛教文化交往中心。俗云:古代名山寺占多。修水当年寺庙多建造在比较偏僻的名山之地,如黄龙山黄龙寺、龙安山兜率寺、青龙山兴化寺、法昌山法昌寺、南峰山宝峰寺等,唯云岩寺坐落于州城中心。古代的修水交通主要以水运为主,云岩寺又是当时的大型建筑,自然成为僧侣商贾云游聚集和朝拜的圣地。宋代灵源主持法席时,兴建莲花转轮藏经阁,寺中藏经之富,国内少有,黄庭坚很是赞叹,云岩寺一时成为修江上下700里佛教文化传播的名刹。各大寺院长老、高僧往往聚集于此。黄龙宗三世慧洪曾一度主持云岩寺,时任分宁知县的韩驹,曾设馆于云岩寺。300多名僧各持一纸求诗,博学多才的慧洪挥笔立就,韩驹惊叹不已。年逾花甲的黄庭坚曾赋诗《赠慧洪》:"吾年六十子方半,槁项顶螺忘岁年。韵胜不减秦少觌,气爽绝类徐师川。不肯低头拾卿相,又能落笔生云烟。脱却衲衫着蓑笠,来佐涪翁刺钓船。"黄庭坚在《云岩禅院记》中称,分宁县中,惟云岩院供十方僧,僧侣往来交流亦盛。云岩寺法席常旺,也与当代名士显贵黄庭坚、苏东坡、徐禧、徐俯、张商英的推崇和知府官员的护法都有密切关系。韩驹为弘扬都市文化,曾在云岩寺附近建有"醒心""向春""邀月"三亭。当时政修民悦,讼简庭空,日以吟咏为乐,所赋诗篇尤多。

其四,云岩寺又是风景游览胜地。云岩寺在20世纪六七十年代遭受破坏,改建为义宁镇二小。1993年2月旅台修水籍郭吕尚菊居士在台湾同乡募集资金,经县政府批准,选址修河南岸挂榜山,重修观音殿、地藏殿、祖师殿、佛堂等建筑,重塑西方三圣。重修的云岩寺红墙黄瓦,古色古香,终日青烟缭绕、檀香弥漫,晨钟暮鼓,为全县重点寺院之一,并为修水佛教协会办公场所。常住僧尼8人,经常有外地高僧云游至此。云岩寺依山傍水,北以凤凰山为案,南与南山崖山谷公园接邻,东迎日出,目送修江碧水绿波,左右连接宁红大桥、修水大桥。一水映寺影,双桥落彩虹,云岩寺与城区高楼大厦交织在美景图画之中。

南崖的高度

徐春林

南崖是一座位于修河水岸、历史悠久的文化名山。

船行江南水乡,你会觉得有一种无形的东西,在慢慢向你靠近,然后包裹着你。

千百年来,由于连绵大山的阻隔,住在修河两岸的人们都得依靠漫长而曲折的水路出行。

黄庭坚出生在修河上游的双井村。这个背靠杭山的村庄,二面环水,一面环山。黄庭坚经常坐着小船从双井到修城,然后又从修城漂泊到远方。

北宋康定元年(1040),时任分宁主簿的北宋理学家周敦颐在修城对岸的旌阳山麓创建了濂溪书院。黄庭坚来到修城,因为深深景仰濂溪先生"出淤泥而不染"的秉性,选择在濂溪书院读书。不久,他把住所搬到了距书院不到一里的南崖上,崖上有一个顺济亭,亭下有一块"南山顺济龙王庙记"的石碑,此碑文是黄庭坚书写的。

清幽的南崖,古木参天,藤萝满径,是一处读书参禅的宝地。

黄庭坚初到修城时,已是满腹经纶、名震四方的少年文人。他在南崖结庐而居,在顺济亭吟诗习字,吸引了县内许多文人雅士前来拜会。南崖顺济亭一时高朋满座,煮茶论诗,文风涌动。黄庭坚到底是个清净之人,大部分时间他愿意独处南崖,巡视古树、亭楼,夜深人静时,立于莲池,赏池中圆月,背古文诗词。

亭下崖壁上有一个丈余见方的"佛"字,亦为黄庭坚手书。当一个满载传奇色彩的"佛"字铺陈在虚实渐化的时空里,那些永远躺在历史典故里的故事也就生动起来。

元丰六年(1083),39岁的黄庭坚赴任德州时,从鄱阳湖水路进入修河,返回修水。修河两岸的烟囱中徐徐流出的青烟飘飘悠悠迷离了夜的眼,他不禁触景伤怀。炉火相伴,岁月无痕,掌心化雪。有炉火的地方,醇香浓郁,回味悠长。别酒一觞,有泪纵横,他不禁悠悠吟道:"阳关一曲水东流,灯火旌阳一钓舟。"

黄庭坚一生的命运是坎坷的。崇宁四年(1105),满腔愁怨的黄庭坚客死宜州贬所。

22年后,即靖康二年(1127),北宋因"靖康之耻"而宣告终结。人们用保护南崖文物的方式来寄托对黄庭坚的怀念。1983年,南崖下修建了黄庭坚纪念馆。馆内记载了黄庭坚的生平事迹,收集黄庭坚手书墓志铭等国家一级文物数件,大部分都是他的代表作。这些书法碑刻的原件现在都是价值连城的瑰宝,它们有的存放在北京故宫博物院,有的存放在台湾,还有的存放在日本。这些作品不仅代表了一个朝代文化艺术的高度,也让南崖有了耸入云霄的气势。

黄庭坚的手书《戒石铭》是存放于南崖的主要文物之一,如今已成为镇山之宝。《戒石铭》所书是他的为官准则,当年南宋高宗观看后,敬佩之至,恨不同时,遂诏令全国州府郡县,勒之于衙门,以警示百官。

南崖就像是一块时光的碑文,970年后一个夏天的温暖早晨,我在南崖下仰望一座名山的高度。我发现,南崖的高度,是思想的高度,是艺术的高度。

南崖到底是寂寞的。个人的历史,从来就不属于当下的时刻。那"坐禅长者"与我们熟视千年,可深邃的禅机谁又能知晓?岩石的墨迹早已脱落,草木却诗意盎然。其间深意也许要我们一辈子去领悟。

天灯观：谁放明灯惹梦游

冷春晓　杨列波

放天灯是一种习俗，也是一种寄托，更是一种相思。有一首放天灯的律诗，总是让人愁思难寄："月沉碧海望重楼，谁放明灯惹梦游。鹩火星稀萤点点，北辰途远雁啾啾。人间每寄千般愿，天帝难平万种愁。借问飘摇风送处，今宵热泪未东流。"读着这样愁情满怀、真情难托的情诗，我不自觉地想起放天灯的习俗，有一种想去我县天灯观体会的欲望。

天灯观位于修水县全丰镇南源村中心地段，始建于大明宣德年间，占地约3500平方米，从清道光年间就设坛开经，有九位住持先后更替。走进天灯观，只见正殿供奉着原始、道德、灵宝与玉皇祖师，后殿供奉着观音圣母，左殿是寻声救苦天尊，右殿是关圣帝君合坛。观前左侧点有天灯一盏，长明不熄，因此而得观名。观前金甲山为案山，观后有龙山护背，门前小河一依带水，蜿蜒东流入噪河，河水清澈见底，游鱼历历可数，是不可多得的道观福地。

天灯又称为孔明灯，相传为三国诸葛亮（字孔明）的发明。当年，诸葛亮被围困于平阳，无法派兵出城求救。他算准风向，制成会飘浮的纸灯笼，系上求救的讯息，其后果然脱险，于是后世就称这种灯笼为孔明灯。放天灯是古代汉族节日风俗，流行于全国许多地区，旧时元旦夜晚，每家每户在屋楼上用长竿悬挂灯盏，通宵达旦，称"天灯"。在四川一带，农历正月初八、初九，人们多在屋子中堂挂一盏平安灯，认为可以驱除不祥，保佑清静平安。孔明灯俗称许愿灯，又称祈天灯，是一种古老的汉族手工艺品，在古代多做军事用途。现代人放孔明灯多为祈福之用，男女老少在灯盏上亲手写下祝福的心愿，一般在元宵节、中秋节等重大节日施放，放灯之后，常有"借问飘摇风送处，今宵热泪未东流"之伤感。

天灯观不仅成为信徒信教之地，而且成为当地一大人文景观。观后有古樟一棵，树龄250年以上，树冠浑圆如同帷伞。一蔸同根两树，则阴阳两分。左为阳,为兄樟,树身3米以上才分枝,有主粗枝12枝,暗合地支之数。右为阴,为妹樟,就地分为2枝,共有主粗枝24枝,暗合八卦24向之数。古樟根部虬根错综,似群蟒护基之状。整棵古樟浑圆一体,如同罗帷宝盖之形。百年古樟长成如此奇形异象,令人叹为观止!

"人间每寄千般愿,天帝难平万种愁",天灯观是一个信仰之地,南源村是一个秀美乡村,人们的美好愿望只有在今天才能变为现实,中国梦正逐步实现!

万寿宫：修水商人基因的密码

谢小明

据熊耐久《万寿宫》一书记载，修水县现有万寿宫50多座，为全省之冠。我估摸一半左右的万寿宫在修水，县城有万寿宫2处，已废。

渣津万寿宫，坐落在渣津集镇老街，是修水县境内最古老、最原始的万寿宫古建筑。该宫始建于宋朝，称"灵剑仙宫"。清同治十一年（1872），乡人重修，改名"万寿宫"。万寿宫占地1800余平方米，宫殿一进四重，前重为牌坊戏台；中重为麻石天井，两侧为酒楼；上重为正殿，供奉许真君、吴猛等神像；后重为谌母殿，供奉谌母娘娘。两侧建有厢房，为庙会活动场所。整个宫内有二十四根支柱，正殿有六根大木柱，两根石柱，大木柱粗约二围。所有梁面都有人物浮雕，飞檐翘角，气势宏伟，蔚为壮观。

最初，我只知道万寿宫是道教朝圣的地方，通过走访了解、资料学习，特别是细读熊耐久《万寿宫》一书后，知道万寿宫集宗教、民俗、集会、商贸、文娱为一体，尤其与江西商帮甚密，成为江西会馆的品牌。

这要从最初许逊创立净明道谈起。自晋至宋，江西人信仰净明道，其内涵为"忠、孝、廉、慎、宽、裕、容、忍"八字，逐渐发展成了一种具有鲜明特色的地方文化，可称为"万寿宫文化"。这种文化集中表现在不惧邪恶、敢于斗争上，表现在舍弃自我、造福百姓上，表现在不畏艰难、坚忍不拔上，表现在忠诚待人、讲求信用上，表现在取财有道、义利兼顾上，表现在宽容大度、谦虚谨慎上，表现在同舟共济、相互帮助上，表现在孝长爱幼、清白做人上，表现在积德向善、善有善报上。还有就是许逊一生与水有关。古人认为水主财，水能生财，财随水走。五行中的水也代表财富。这是凡是有河流的地方都是商船云集、商贸繁荣、经济发达的地方的原因之一吧。所以，万寿宫的宗教伦理文化也是江右商帮所主张的商业伦理文化。

从明代起,随着城镇和城市商业的兴盛,江西省内那些长期信仰许真君、熟悉万寿宫庙会经济的商绅们纷纷于其所在县乡城镇建起许真君殿、福临殿、万寿宫,作为商业文化中心,蔚然成风。

元末江西人口膨胀,一跃而居全国人口的1/14,达1400万,不仅高于江、浙,而且比两湖、云贵川人口总和还多。因此有大批江西农民随明军征云南,留守商屯,随后明清掀起"江西填湖广""湖广填四川"两次移民浪潮,江西农民与商人纷纷出省,江右商帮遂应运而生。

明清政府"海禁",只留下广州唯一贸易海港,使赣江、修河等五大水系经鄱阳湖成了我省商品出口必经的黄金水道,加速了河湖沿岸商业城镇的发展。加之鄱阳湖圩堤兴修,所以粮食生产不断攀升。明清长期海禁又迫使闽、粤沿海客家人纷纷进入江西南部以及赣中、赣西北、赣东北边境山区,种植茶桑、棉麻、油茶、烟草、蓝靛等经济作物,引种甘薯杂粮,加速了山区制茶、造纸、制烟、纺织、陶瓷、采矿、造船等手工业和内河航运的发展,因而江西拥有大量瓷器、药材、纸张、木材、夏布、粮食、茶叶、烟草等出口商品,为江西商业带来机遇。江西商人一旦走出省外,商业门路大开,经营理念与时俱进,因地制宜,从开辟航路,建设港埠、开采矿山、发展商品种植,参与茶马贸易与海外贸易,到转型洋务,开设钱庄银行,成立公司,创办工厂。那些熟悉"万寿宫文化"而出省的江西商人,同样在其落脚的城镇兴建万寿宫,作为江西会馆,与各省商帮争雄竞富,其豪华壮丽,比当年山西的关帝庙、福建的妈祖庙毫不逊色。

有的地方还建有一条至几条江西街,那里的江西商店既出售瓷器、中药、纸张、布匹、茶叶等特产,还经营食盐、丝绸、金银首饰、南北杂货、钱庄典当、饭店旅栈。街头耸立着雄巍的万寿宫和举行庙会娱神的豪华戏台,有定期公选的会首或客长和常设的管理机构,购买了义田、义山,保有相当可观、能救济困难同乡、捐助社会慈善公益事业的公积金,甚至还建有自己的义学,这里成了一个老安少怀、同乡和睦、商贸繁荣、文化发达的江西社区。所以在湖广一带流传着"无江西人不成市"的说法,在云贵川流传着"非江右商贾侨居之,则不成其地"的说法,甚至还有"有江西商帮的地方,就建有万寿宫"的说法。

万寿宫就是江西商帮的联络处、赣文化的灯塔。万寿宫更成为江右商帮弘扬忠孝商业文化的标志和载体，成为维系乡情的纽带和象征。江西商人诚实守信、勤俭创业、生活简朴、同舟共济、见义勇为、热心公益慈善事业，与当地各族民众和睦相处，与各省商帮合作共事，协助当地政府解决面临的困难，这种商帮精神和爱国行为得到全社会的公认，并渐渐成为江西人文精神的一个符号。

江右商帮就是在省内外经商的江西商帮，是现代赣商的老前辈。人员众多，数以百万计，是全国最大商帮之一。江右商帮选择万寿宫作为江西会馆品牌。修水商人作为江西商帮的一分子，也继承了江西商帮的基因。

改革开放以后，江西各地，特别是修水，万寿宫陆续恢复，全国各地江右商帮后裔与江西省内新一代赣商正在各省重新集结。

以修水为例，就有几十个行业或产业，在全国各地叫响。如庙岭人在广州的零担物流产业，黄坳人在义乌的小商品产销业，渣津、山口人在顺德的家具业，杭口人在惠州的胶水生产业，何市人在深圳的模具制造业，古市人在北京的出版业，黄沙人在大同的机电销售、在贵州的油漆销售，以及美容美发、制鞋制衣、工艺美术等等，都是有一定规模、影响当地的商业团体。他们或携妻偕子，或沾亲带故，只要具备了一定的财力，都会不约而同地做着同一件事，经营同一种产品，从事同一个行业。

他们同样效仿江西商帮老前辈，建立起类似于万寿宫的商会、同乡会、行业协会等组织，为会员单位提供各类专业服务，协调政企关系，维护成员企业利益，协调与仲裁贸易纠纷，进行业务培训和研讨会考察活动，等等。这些组织还兼有聚会聚餐，沟通感情，搭建朋友之间的人脉关系平台，促进同乡间的商务交流与合作等作用，即使长年经商的创业人员不能回家，也有一个温暖的归宿。如今的商会给了创业人士莫大的心灵慰藉，成了他们不可或缺的精神家园。

据不完全统计，修水在外务工人员达20万人，其中有创业成功人士2000余人，涉及45个产业，主要分布在广东、浙江、福建等经济发达省份，还有的形成了地域性较强的创业集群。修水县总商会有北京、上海、深圳、广州、佛山、温州、惠州等外埠商会16个，会员3000余人。修水外埠商会主动对接、精心服务，及时掌握了在外修水籍成功人士的经营状况、返乡创业意愿，近三年，先后组织在外创业成功人士代表回乡考察 200 余批次,推动 19 个亿元以上项目落户修水。十多年来,在外创业成功人士为家乡基础建设、公益事业、济贫济困等捐资捐物,形成了"厚德实干,义利天下"的新赣商精神。

当然,万寿宫的"慎"文化也对修水商人带来了一定的影响。由于过于慎重,如今的修水商人在经营上往往是小本投入;由于过于慎重,还使修水商人产生一种防范心理,生怕吃亏和上当受骗,因而在做生意时有相当一部分人是单打独斗,开的是"夫妻店""父子店""兄弟店""姐妹店"和"亲戚店",多家联手合伙经营的极少,更不要说雇请行家里手为自己的商业进行经营了。这也是修水商帮的一个典型特征。

历史的进程总是不断重组的,社会的发展总是不断跨越的。古往今来,科学的发展观念总是在文化回归中不断创新,全民创业、万众创新的理论,更显华光异彩。我相信修水外埠商会将与过去的江西会馆万寿宫新旧辉映,继承江右商帮传统,以商会为纽带重新整合,文化回归,经济跨越,共同奏响赣文化新时代的主旋律。

一圣仙娘今何在

冷春晓

"节分端午自谁言,万古传闻为屈原。堪笑楚江空渺渺,不能洗得直臣冤。"读着唐代诗人文秀的《端午》诗,自然会记起伟大诗人屈原的爱国情怀,而更让我值得书写的是屈原的女儿纬英,她正是冷姓祖传家神一圣仙娘,在古市镇月塘村的东皋建有一圣仙娘殿,长年香火不断。早年我县准备编辑出版《品读修水》一书时,我应邀撰写散文《魂牵屈子敬仙娘》,曾特意到一圣仙娘殿上香膜拜。我的这篇文章已发表在 2015 年《浔阳晚报》上,后来又结集出版在《湘鄂赣风情录》一书,算是尽了冷家后代的一点应尽义务。2019 年,一圣仙娘殿已在原址上重建成功,规模比以前大得多。我又一次从县城驱车五十多公里,去探访屈原之女一圣仙娘今何在?

高大霸气、古色古香的一圣仙娘牌坊,吸引着我来到仙娘殿前,牌坊边的长联"东皋腾紫气护一圣仙堂永抱虔心崇烈女,上德被苍生延十方福祉犹承妙手唤春风"由我县著名撰联高手胡小敏创作、著名书法家冷述修书写,对联内容发人深思,书法艺术气魄宏大。

越过牌坊,只见右边有一长廊,直通仙娘殿大门右旁,长廊立柱上有一副对联"圣殿仰巍峨秦楚不存万古长留忠孝,仙家堪妙有芷兰犹茂八方咸沐芬芳",左边有新造的七层铜制宝塔兼用于焚香,每层四面都刻"招财进宝""五谷丰登""四季发财"等吉祥语言。仙娘殿气派堂皇、雕梁画栋,仿古庙宇建筑,殿前一对造价几万的石狮子端坐两旁,为冷姓创业成功兄弟所捐。门前立柱对联为"忠烈岂惟楚有家有国有天下,孝慈乃于斯是物是人是众生",殿门口两旁对联为"汨水尚流忠烈泪,人间永沐圣德恩",殿内两旁立柱联为"神界称仙人间享庙于今渎水咏招魂,父忠于楚女考于亲从此汨罗留毅魄",每副对联无不揭示东皋仙娘殿与湖南汨罗市的关系。殿右旁建有唯应观雷坛和石牌坊,又名东皋一娘神坊，一对石狮镇守两旁。殿正中供奉一圣仙娘，两旁供奉二、三、四、五圣仙娘，香气氤氲，圣像庄严。因一圣仙娘生前随父屈原流放，常为民遣灾驱祸、催生治病，每年来此求医问药求平安的信徒络绎不绝。据守护此殿的冷信徒介绍，每年信徒到此自愿捐献 10 万到 20 万元，当天上午就有 12 批次信徒来此朝拜。据记载，明万历年间，冷姓在此修建冷氏宗祠和一圣仙娘殿，后奉旨修建大学士石牌坊，还有毅庵祠、甘露宇、木庵祠、慈云宫等诸多建筑，祠宇宫殿连成一体，蔚为壮观，号称修水县建筑史上之杰构，但在 20 世纪六七十年代被彻底毁灭，原址已被建成学校。1993 年 8 月，当地群众捐资重建了"一娘殿"，2006 年续建"仙人阁"一娘神坊。新殿于 2017 年在原址重建，历时两年余，占地 1500 平方米，建筑面积 600 多平方米，耗资 250 多万元，资金来源都为信徒捐赠，尚有欠款也靠每天来此求神的信徒捐赠。

一圣仙娘殿香火如此旺盛，与一圣仙娘的来历有关，还与一圣仙娘花灯有关。来历有两种说法。据《一圣仙娘记》载：一圣仙娘名纬英，是战国时期伟大爱国诗人屈原的女儿。因生不逢时，烽火连年，随父母颠沛流离，目睹国破家亡，民不聊生，忧国忧民，同父亲屈原于楚顷襄王二十二年（前 278）农历五月初五，在汨罗江投水自尽。每当岁首，人们造龙船，玩花灯，迎送一圣仙娘，以凭吊屈原父女忠魂。另据《义宁州志》载：仙娘庙在仁乡东皋祠之西，按仙娘世传屈原之姊，离骚所谓女嬃是也。注云：屈原有贤姊，汨水出黄龙，地相连属，灵异素著，故祀之。据《长沙府志》载，屈原有儿子和女儿，有一女名叫绣英，也称纬英。民间相传纬英同有屈原的忧国忧民之心，常为民遣灾驱祸、催生治病，并随父亲同投汨罗江。

一圣仙娘花灯，是以屈原女儿纬英为原型的民间传统文化，起源于修水县冷氏家族。《冷氏宗谱》载：一娘，名纬英，是屈原长女，为冷氏祖传家神。冷姓在宋代全盛时期，在朝为官者众，为缅怀忠臣烈女的高风亮节，敬奉一圣仙娘为祖敬家神。冷氏七世祖冷澈从武宁迁徙修水后，即始创一圣仙娘花灯会，建造一娘庙供奉一圣仙娘，造龙船，玩花灯，荣耀祖神。一圣仙娘花灯会活动，每年古历十二月二十四日起，由冷姓东皋公后裔，分宋化、宏化、淳化、德化、智化、宁化等房族支派轮流当班,筹集经费、道具、服装,负责当年活动。至新年正月十五日,历时21至22天,大体分三个程序进行。《造船歌》是一娘花灯的主题词,七字一句,共180句,词中唱道:"屈原生下五姐妹,分居五处受香烟。一娘住在双港口,东皋奉敬有名神。二娘住在杏花村,宅背桃田祖敬神。三娘不知哪里去,非空仙娘有名神。四娘飘海入西天,西天佛国有坛前。五娘虽小神通大,周年一岁管龙船。"唱词都与屈原之女有关,可见当地对屈原及其女儿的景仰。一圣仙娘花灯是地方古文化的奇葩,历时千年,沿袭至今,影响之广,遍及修水西部地区,乃至湘鄂赣边陲。2008年,一圣仙娘花灯被列为江西省非物质文化遗产项目,得到保护,传承人为出生在仙娘殿附近的冷贺老先生。

"万古传闻为屈原",据文化专家考证,修水县曾是屈原流放地。从修水冷氏祭拜一圣仙娘一整套集礼教、祭祀、歌唱和舞蹈于一体的民俗看,"以廉能著"的南宋著名大臣和诗人冷应澂,以一娘为自己氏族敬奉的主神,其族人又合造大馨,必有本原和深意。屈原之女一圣仙娘如果没有在修水生活过,冷应澂族人就没有理由建造殿宇敬奉一娘。一娘不可能单独到修水生活,而应该是和父屈原一起"举家迁入",父女共同生活,感情深厚,才有女儿随烈父同投汨罗江的壮举。一门忠烈人家受到当地百姓长久纪念,直至世代祭祀。修水县在殷商是艾侯国所在地,战国时称"艾邑",是楚国东南部的边城,也是当时楚国东南部的政治文化中心,城市规模较大,养得起流放赋闲的官员;从端午节的民俗文化看,端午节家家门前挂"艾蒿"和菖蒲,都是古艾邑的优势植物,当地人民最先接触艾、使用艾,具有悠久的历史,掌握艾的特性后,艾的功能被广泛传授,后来人们就把这种植物以艾人的"艾"命名。当地古代先民对艾蒿、菖蒲喜闻乐见,常服常用,因而得以进入端午节习俗之中。

修水人尊敬屈原,冷姓及其东皋周边人膜拜屈原之女一圣仙娘,都是信仰屈氏家族的忠孝文化。屈原活在人们的心中,其女一圣仙娘也同样活在人们的心中,屈原家族的忠孝文化则更是永留人间。

第三辑 寺 庙

洞 山 寺

熊耐久

洞山寺,位于修水县黄港镇双溪村,距黄港集镇西北部8.5公里,始建于唐正德上元二年(761),原址在寺后约2公里的鹫岭上,现称老寺场,又称上寺,或曰鹫岭寺,相传为唐代良价禅师所创。

良价(807—869),俗姓俞,唐会稽诸暨(今浙江绍兴)人氏。幼师从五泄山灵默禅师,后遍参诸师,在修水云岩寺昙晟处受心印,入阿耨院,而立之后为阿耨院住持。一日,良价登狮子岩,天高地阔,从石洞中眺望,九岭尽收眼底,回遥坂尖,直插霄汉,山岭间一派龙腾虎跃之势,具有宝刹气象。于是良价重建寺院,易名为洞山寺,自号洞山禅师。后偕高徒本寂(840—901)云游传法,行遍大江南北,形成江南地区9处洞山寺场的胜迹。他最后看中了宜丰同安的洞山,便化缘募地,于唐大中年间历时十余载修建普利寺,才有了今日宜丰洞山禅林之名气。良价晚年入住宜丰洞山,偕徒本寂共创曹洞宗教义,主张顿悟,心即是佛,成为中国佛教主流禅宗之一。唐咸通十年(869)三月,良价在宜丰洞山圆寂,本寂率从徒建舍利塔于法堂后的灵山上,谥悟本禅师,塔曰:慧觉。尔后,本寂又遵师嘱,奉舍利回归分宁原洞山寺建塔安灵,不忘发轫之根基。

唐宋之后,寺院衰落很长时间。明崇祯十五年(1642)秋,曹洞正宗三十四世元洁净莹禅师,为恢复曹洞宗开山祖师寺场,迎母隐居于此,静栖乐道,枯淡自甘,刀耕火种13年,遂使洞山之名远播。明代宁州郭城举人、沙河县令熊廷珸曾有《洞山寺》诗云:"一寺藏山河,洞中复有山。砌峦清欲滴,凿涧碧何潺。梵古僧来韵,林幽鹤住闲。天空无一物,惟见白云还。"清顺治十三年(1656)腊月,重修开山第一代曹洞宗始祖良价悟本祖师舍利灵塔,至今保存完整。康熙四十八年(1709)应州牧张朝衡之请,元洁净莹又走出深山,入主云岩寺,使云岩宗风远振江南各地,卒后归葬于洞山聂家老塔上。沿元洁之传,曹洞宗一直维

119

系云岩,后有平谷、空谷等住持云岩寺,僧行颇高。民国十九年(1930)僧心空为住持,时有田租600余石,还创办一所学堂于寺旁,供乐助寺院的信众和附近农家子弟读书,一直至1949年后才停办。1967年,寺院遭到破坏,因年久失修,建筑倒塌。改革开放以后,农村经济发展,2000年后,地方信众又慷慨捐资重建简单砖木结构的洞山寺佛堂,恢复香火。附近仍保存有古寺院基址、洞山第二代祖古墓塔等遗迹,可以见证当年曹洞宗祖师及弘法弟子的胜迹。

财　神　庙

谢小明

修水财神庙坐落在县城余巷70号,坐北朝南,砖木结构,始建于明代,续建于清咸丰五年(1855)。总建筑面积1200平方米,主殿宽19米、进深39米、高7米,面积741平方米,原三进二天井,前进分上、中、下三层,左右两厢房,二楼设有戏台和茶酒廊。自20世纪50年代起,财神庙一直作为民宅使用。2009年县委县政府实施"完善老城区"战略,将居住在财神庙内的28户152人迁出,2010年6月按"修旧如旧"原则,对财神庙进行抢救性维修。修建时,前进改为六柱五间歇山顶式建筑,二楼为戏楼。中进改为一天井,两侧为茶酒廊。后进保持原貌。在主殿左侧增建三清殿。修水县道教协会设此办公。该建筑对于了解当地宗教历史及民风民俗,具有一定的研究价值。修水财神庙还是一处红色革命遗址。1929年,修水县委第一份机关报《修江潮》在财神庙诞生。

正殿供奉赵公明、关圣帝、比干。不了解这三位神的来历,就谈不上对财神的敬仰。

主财神赵公明元帅。道教封赵公明为"金龙如意正一龙虎玄坛真君",专司金银财宝、迎祥纳福,使人宜利和合、发财致富,统管人间一切金银财宝。《典籍实录》记载:赵公明乃"日之精"。上古时,天上现十日,尧命羿射九日。八日落入青城之内为鬼王,发病害人。唯一日幻化成人,骑黑虎,执银鞭,隐居蜀中,乃赵公明也。

后天师张道陵让其守护丹室,丹成之后得一份,变化无穷,法力大增。天师又使其护玄坛,故以"玄坛元帅"称之。天师升天后向天庭保举,封其为"天将"。姜子牙奉元始天尊敕命封神,赵公明以其做生意发财的创业史和发明度量衡的特殊贡献,赢得"金龙如意正一龙虎玄坛真君"的封号,统率招宝、纳珍、招财、利市4位正神。5位财神实行分工责任制,赵公明负责中央地带,兼顾东南西北四面八方,故又称中路财神。赵公明财神神像,多为黑面浓须,骑黑虎,一手执银鞭,一手持元宝,全副戎装。因为赵公明生于除夕子夜时分两年交替之际,所以商人们在除夕夜都要在家一夜坐到天亮,迎接财神降临。

关圣帝,即关羽(?—220),本字长生,后改字云长,早年跟随刘备颠沛流离,辗转各地,和刘备、张飞情同兄弟,有"桃园三结义"典故。赤壁之战后,关羽助刘备、周瑜攻打曹仁所驻守的南郡,而后刘备势力逐渐壮大,关羽则长期镇守荆州。建安二十四年(219),关羽水陆并进,围襄阳、攻樊城,威震华夏,后败走麦城,临沮被害。关羽去世后,谥曰壮缪侯,《三国演义》尊其为蜀国"五虎上将"之首,毛宗岗称其为《三国演义》三绝中的"义绝"。

以后关羽逐渐被神化,民间尊其为"关公",历朝皇帝都以关羽为忠义的化身,使之成为教育忠君爱国信念的典型,多有褒封。隋开皇十一年(591),晋王杨广为遏制江南地区频发的暴乱起义,会见了天台宗的开山之祖智者大师,拟定出借助佛教安抚民心的计划。当时,荆州地区百姓已普遍供奉"关公"。为佛教便于传播,智者大师在玉泉山将"关公"点化,奏请晋王杨广,封关公为"伽蓝菩萨",于是关公便成了佛教寺院的护法神。宋徽宗崇宁二年(1103),山西解州盐池水溢,有大蛇藏在水下伤人,矿工不敢下水,导致盐池停产,盐税收不上来。道教第三十代天师张继借关公名义斩杀了盐池中的大蛇,于是宋徽宗封关羽为崇宁真君。关公就成了大宋经济的保护神和家喻户晓的财神爷。清代奉为"忠义神武灵佑仁勇威显关圣大帝",崇为"武圣"。清雍正三年(1725),朝廷颁令,以关帝庙为武庙,并入祀典,文武百官、各省县百姓按祭孔之太牢祭仪进行春秋两祀。从此,关羽成为国家祭祀的主神,达到了与文圣孔子并驾齐驱的地位。就这样,关公成了武财神,成了可以保佑财富的力量,可以福佑发财的神。他是唯一能圆融儒、佛、道三教,被社会各阶层共同尊崇的道德楷模。祭祀关公的庙宇遍布世界各地,可以说,只要有华人的地方就有人在祭拜关公。其忠义仁勇精神已成为一种信仰。

关公神像的形象素有"横刀夺财、立刀夺命"之说。所谓夺财,是招揽生意、开拓市场、招财聚宝,适合生意人、经商创业者恭请在公司。所谓夺命,是消除小人邪佞、驱邪避煞、庇护守卫,适合家中供奉,镇宅辟邪。

比干,牧野(今河南卫辉)人,因封于比地,故称比干,殷商王室的重臣。忠君爱国,为民请命,主张鼓励发展农牧业生产,提倡冶炼铸造,富国强兵。纣王荒淫无度而又残暴不堪,整日沉迷酒色,导致人民困苦不堪,民不聊生。作为丞相兼叔叔的比干到摘星楼上强谏了三天,他的这个举动并没有说服暴君改变自己的品行,反而把他给惹怒了,纣王下令杀死比干并且挖掉了他的心脏。因为他是历史上第一个以死谏君的忠臣,被誉为"天下第一仁"。比干是《封神演义》中的人物,姜子牙封神时,被封为北斗七星中心的天权宫文曲星。

比干死后,玉皇大帝见他生前如此恪尽职守,为国事无辜牺牲,加上他失去了心脏并不会起什么贪心之念,所以封他为掌管人间财库的文财神。在民间,脑洞大开的生意人就认为无心之人自然无偏私,办事一定公道。所以在比干手下做生意一定是买卖公平,童叟无欺。如此一来,生意人就把他作为财神供奉了起来,享受世间香火,受人膜拜。文财神比干神像的形象与天官相似,面目端庄,脸庞清烁,头戴宰相纱帽,五绺长须,手捧如意,身着蟒袍,足登元宝。

赵公明、关公、比干在文学作品中是忠君爱国、仁义诚信的形象。因此人民把他们的忠义仁勇精神作为一种信仰,希望神灵能够保佑自己财运亨通,也表达了中国劳动人民的朴素情感,寄托着安居乐业、大吉大利的美好心愿。

财神庙左侧建有三清殿,与主殿连通。三清殿指神仙所居的玉清、上清、太清三个最高仙境,也指供奉居于三清仙境的三位尊神,即玉清元始天尊、上清灵宝天尊、太清道德天尊。修水财神庙是湘鄂赣边三省九县著名的财神庙,也是修、铜、武三县唯一上规模的财神庙。自光绪年间至20世纪50年代,这里盛行各种香期庙会,人流如潮。财神庙的风水确实好,庙右侧是灯光球场,左侧是老城客栈茶楼,前方是凤凰商贸城及农贸街,这里人头攒动,商业繁盛,是集休闲、游览、商贸、餐饮于一体的财源滚滚之地。

修水财神庙祈福活动主要有:守岁,即除夕夜"燃灯照岁",以祈来年岁岁平安、吉祥如意。子时香,大年初一的晚上子时鸣钟发鼓,上香祈福。点福灯,庙内设"平安福、状元福、姻缘福、财神福、长寿福"五福吉祥灯,信众可依需要点灯祈福。迎财神，大年初一上午举办迎接财神祈福法会。挂福牌，游客信众可在本观请购许愿福牌或许愿带系挂于祖师圣像前，祈求心愿达成、梦想成真。"借"红包，初一至初五，每日上午11时为信众准备50个红包，信众可前来财神庙"借"，以祈生意兴隆、一本万利。财神会，正月初五为财神爷圣诞大吉之日，信众前来为财神爷拜寿，此日祈福求财收福最大。除此之外，还有响锣开运、吉祥法鼓、光明灯、"孝道行天下、欢乐中国年"签名等祈福活动。

  古时祭祀方式一般是点烛焚香，叩拜礼佛，如今为了环保与安全，庙里面已经减少明火，祭祀方式与时俱进，如敲钟、扣锁、系丝带、摆元宝，形式在变，但终究只是一种形式，根据自身能做到便可，重在心诚。

  迎财神，拜财神，这些传统习俗在华人中影响广泛，有许多人在家中贴财神像、供奉财神，还会去各大财神庙中祈福，希望神灵能够听到心声，从而保佑自己财运亨通，安居乐业，大吉大利。接财神因人而异，佛家讲究"法无定法，因人而异"，只要心诚则灵。随着网络贸易的兴起，网店的大量涌现，在线财神、电子财神受到青睐。君子爱财，取之有道；与道相悖，求也难得。随着时代的发展、观念的改变，财神也与时俱进地满足民众需要。接财神更要与时俱进，采用适合自己的方式是最有效的。正如对联"富而可求求人不如求己，物惟其有有德自然有财。""存心邪僻，任尔烧香无点益；持身正大，见吾不拜有何妨。"所言极是。子曰："富与贵，是人之所欲也，不以其道得之，不处也。贫与贱，是人之所恶也，不以其道得之，不去也。""君子爱财，取之有道"是老祖先留给我们的宝贵精神财富和忠告，它告诫后人取财必须靠自己的辛勤劳动和汗水，就是要遵纪守法、符合道德伦理纲常。空谈误国，实干兴邦。兢兢业业、努力奋斗、踏实敬业，我想这种"道"才是财神庙应该推崇的。

  在这里我要强调的是，寺庙的存在，寺庙活动的存在，并不是宗教迷信的问题，而是城乡社会生活的需要。居民们在寺庙所做的活动，很大程度上是一种生活中的休闲娱乐活动，缓解了经济发展中所带来的焦虑。可以推测，伴随城市化进程的进一步加快，寺庙在城市社会生活中的作用必将越来越凸显出来。当然，在此凸显之中，寺庙本身也将在新一轮的城市转型之中完成自己的蜕变。

第三辑 寺　庙

游龙安寨记

许笑平

去年十二月六日,我带着"雨霏文学社"全体成员游览了享有盛名的渣津龙安寨。

刚到山脚下,一幢庄严宏伟的寺殿就矗立在我们面前,同学们纷纷跑向寺院,争相一睹其风姿,在佛寺大门前拍了一张集体相后,大家鱼贯而入。禅院有四栋,四重,呈长方形,前面三幢供放着如来、弥勒等佛像,里面香气氤氲。兜率寺院,四面环山,重峦叠嶂,宛若美丽的莲花城。寺前有占地五六亩的"万功池",境内有张果老修的"三眼桥"、吕洞宾用的"试剑石",殿宇雕龙画凤、气势恢宏。其内还藏有康熙钦赐袈裟、乾隆御题"翠拔云岩"金匾,其历史底蕴颇为深厚。黄庭坚、曾巩等文人墨客曾慕名至此,同僧师谈经论道,并有题记存于寺中,留下许多文人佳语。

我们在寺中盘桓了一个钟头,来到寺后的龟蛇山前,这里显得曲径通幽,但见山前两个不大不小的水库,水中游鱼往来翕忽,似与游者相乐。这里是龙安寨东麓碧云山,山顶怪石林立,直入云天,山中青松翠竹丛生,藤条交错。雨后的春天,这里像是一块翡翠倒映水中,令人无比陶醉,可惜我们去时是初冬,无缘目睹它那美丽的肌肤。

最惹眼的是屹立于水库后的两座祖师石塔(据说这里原有130余座,惜毁于新中国成立前),分别为宋从悦禅师石塔和清慧云禅师石塔。其中慧云禅师石塔已被人挖毁。原来这慧云禅师与乾隆感情甚笃,有一年乾隆来信要慧云禅师进京,并赐其黄金冠一顶,佛帚一把,其他珍品无数。不料禅师客死归途中,后人就将所赐之物同其金身葬于塔中……大家肃然立于塔前,追溯那迷离的沧桑岁月。

十二点啦!我们的肚子开始闹腾着,大家来到寺西一农户家吃午饭。老乡端上了真正的农家饭菜，大家吃得香喷喷的，一甑饭被我们吃个精光。邓悦同学吃了四碗，我问她还吃得下吗？她看上去嘴留余香，还想吃。冷冬媛同学吃阳姜时那种专注的神情让我们抿着嘴笑，她把阳姜夹到嘴里，把干辣椒片慢腾腾地拨到碗边，边吃边点着头，像哼曲儿一般。老乡再煮饭给自己吃时，有些同学还去问是不是煮给我们吃……我知道大家并不是未吃饱，而是在回味着那种清香可口的农家风味。

饭后，老乡同我们讲起了龙安寨的传说，大家听得如痴如醉，纷纷要求到龙安寨去领略其中的情韵。整个龙安寨有48个岩洞，里面有石椅、石桌、石虎、石狮等景观。48个洞都生长在不同的奇峰处，在老乡的带领下，我们攀着崎岖的羊肠小道到达老虎岩前。洞左边是一溪流水，潺潺的水声驱走了我们的疲劳，掬着溪水，心中凉爽无比。右边是一座山亭，洞周围一块七米见方的石岩上镌刻着一些清晰可见的经文，让人感觉到置身佛界一般。虽说是老虎岩，但未见老虎蹲于洞中。听老乡讲先前此山有一虎，每次嗥叫时便有大难降临村寨中，后吕洞宾为保太平，禳除灾害追赶此虎，因虎四处逃窜钻入洞中，只抓到一条尾巴呢！洞中还供着一个汉白玉雕的观音，八方游客前来朝拜，以祈平安、社会祥和。

下山了，大家游兴未尽，一致同意再游马溪寺，不到渣津乘车回校，约莫走了七八里，有些同学精疲力竭，但当大家唱着《团结就是力量》的歌时，又精神抖擞起来。此时，龙安寨最险峻的山岩下一座伴有参天古木的佛寺出现在我们面前，大家拾级而上，但见枫林似火，十分生动，更令人惊叹的是，那马溪寺后山岩上的石纹在太阳余晖的照映下俨如一条欲跃腾飞的巨龙，在石岩上蹿动，给山寺增添了一分神秘和灵气。

下午五点了，我们虽未尽游兴，但考虑到大家的安全，只好带着同学们恋恋不舍地离开马溪寺，离开令人神往的龙安寨。

一整天，我们来回走了二十多里，有些同学累得掉下了眼泪，但一想到一天的收获，又爽朗地笑了。

香炉山瑞庆宫

熊耐久

修水县港口镇洞下村有一座神奇的山体,名"朝天狮形"。其顶峰海拔797米,建有御制派的道教圣地——瑞庆宫。

山不在高,有仙则灵。峰不在奇,有宝则名。香炉山瑞庆宫,是湖北通山县九宫山传入的道场。相传南宋时期,湖北通山县长森湾出了一名神奇的道教人士张道清,他在九宫山兴坛设教,使九宫山成为道教名山之一。他生前及死后得到七个皇帝的十七道敕封,宋宁宗亲赐其子弟排辈四十字,九宫山道派由此被称为御制道派,他本人也被尊为九宫山开山祖师。

张道清,字得一,号三峰,出生于南宋绍兴六年(1136),坐化于开禧三年(1207),享年71岁。他21岁时,常为人治病,立马痊愈,其声名传遍吴楚。后张道清寻访到九宫山,开山修建道场,上山奉道者日益众多。他曾两次进宫为齐安郡主治病,药到病除。后宋光宗赐封九宫山道场为"钦天观",尊张道清为"圣朝羽客"。淳熙十五年(1188)正式在九宫山修殿建坛,宁宗钦封为"钦天瑞庆宫",张道清被尊为九宫山道教鼻祖。后宁宗加封张道清为"太平护国真牧真人",传至元延祐五年(1318),加封为"太平护国真牧妙应普兴宏道真君"。

明嘉靖十年(1531)张道清的真灵化身云游至吴头楚尾交界处,选择在港口镇枫树坳山巅上落脚弘道,香火鼎盛,建有祖师石殿,供奉九宫山祖师张道清和第三代法嗣郑元简塑像。清同治十二年(1873)由当地信士卢怀德为首筹措资金,按九宫山祖师殿原型设计,再次扩建上下两殿。光绪三年(1877)镶嵌三个小石墀和64级石台阶,连接上下两殿,其后不断更新,金钟、法鼓、鸣磬、供具、银帽和盔额等。后人有诗赞曰:"香雾腾腾透九宫,炉烟袅袅化长虹。瑞气千条笼天轴,庆云朵朵护仙翁。祖恩却补苍生患,师恩能播万代功。三世普行洪宵福,阴风永镇太罗空。"

瑞庆宫,历经沧桑,得遇新机。20世纪80年代,香炉山因被发现富含钨矿而引人注目,白钨矿储量全国第二,品位亚洲第一。它是目前国内最大的白钨矿单体矿山之一,主要出产白钨,广泛用于冶炼制造仲钨酸铵、偏钨酸铵以及氧化钨等。香炉山钨矿的开采,给企业和当地民众创造了巨额财富。2001年神威矿冶有限公司总经理刘典平先生独发善举,投资1000余万元,在香炉峰依石殿原址,重又扩建祖师殿、巡山殿、三清殿、慈航殿、樊仙阁、香客楼、钟鼓楼等建筑群,总占地面积2万余平方米。其工艺绿化、石级台阶、精美栏杆、停车场等工程气势磅礴。瑞庆宫重又铸造昔日辉煌,成为修水县北部地区与湖北通山、崇阳等县接壤的旅游休闲度假胜地。

膜拜土地话社坛

谢小明

小时候路过村边树林下的社坛,总有一种莫名的恐惧,总认为有迷信中的神、鬼之类的影子跟随着。随着学养的提升,阅读量的增加,我在大量的文史典籍、文学作品中,常读到有"社"文化的内容。如《说文解字》里说:"社,地主也。"《孝经·援神契》里也说:"社者,土地之神,能生五谷。"社,其实质就是土地神,是一方土地保护之神。关于"坛",《说文解字》里说:"坛,祭场也。"所谓社坛,就是人们供奉和祭拜社神之场所。《礼记·祭法》规定:"王为群姓立社曰大社,王自为立社曰王社,诸侯为百姓立社曰国社,诸侯自立社曰侯社,大夫以下成群立社曰置社。"大社、王社、国社、侯社属于官方之社;大夫不特立社,与庶民共社,是为民间之社。民间之社主要有州社和里社,据说庶民二十五家为一里,里各立社称里社。《礼记·月令》说,仲春之月,"择元日,命民社",郑注:"祀社日用甲。""以祠宗庙社稷之灵,以为民祈福。"《白虎通义·社稷》载:"人非土不立、非谷不食,土地广博,不可遍敬也;五谷众多,不可一一而祭也。故封土立社,示有土尊;稷,五谷之长,故立稷而祭之也。"

社坛的设立是和农耕人群对土地的崇拜有关的。农业的兴衰一方面决定于天,另一方面则决定于地,设立社坛用以供奉和祭祀社坛公(即社神、土地神)是共同生活于一块土地上的人们对于土地所赐予的各方面恩惠的回报,更希望这种恩惠可以世代绵延,因而这一民间信仰充分体现了具有功利性的互惠原则。社坛是一方土地的人们所表达的对这片土地的情感。因此,笔者渐渐觉得立社坛、祭社稷是一种信仰,一种敬意,一种感情,一种愿望。社祭是一种古老的传统民俗及民间宗教文化活动,是祈求神灵帮助人们实现靠人力难以达成的愿望。

笔者曾考证了我县城乡的社庙、社坛。据同治版《义宁州志》载:修水"里里有社坛,计60社,州城十三社",仅县城老城区分别有犀津街的紫阳社、集福社、鳌桥街的鳌溪社、黄土岭街的凤山社、鹦鹉街的聚星社、万家坊街的广魁社、三元社、南桥社,卫前街的黄金社、太平社、歇马社、东门街的寿龄社、望仙社。如今全县60社无从知晓其名,但就庙岭乡大路村而言,现还保留了新田社、石梁社、保和社、新安社、佐桥社、永宁社、双溪社、新兴社、水口社、井边社、合兴社11个社坛。这些社坛大多保存基本完整,建筑颇具明代早期风格,建筑形制既与古代各级同类建筑有本质的联系,又具有较明显的地方特色;建筑周边环境充分考虑了"得水、藏风、聚气"的堪舆理念。

以黄沙镇泉源村艾村组的艾溪社为例。艾溪社位于村头河旁一块台地上,东面较开阔,小山包如长龙般隐约延伸,阡陌相连,道路交错,南面为雀岭,西面为虎山,东面为艾溪河,由南向北距坛200米蜿蜒而过,坛前古道直通县城。社坛顶部呈圆形,底座为方形的宫座椅形状,取"天圆地方"之意,并因循古人"社稷之祀,坛而不屋"俗例,没有梁柱屋瓦之设。祭坛圈墙均用石块拌三合土砌成,外用三合土粉饰粘实。坛前用打磨成条形的麻石铺就,从地面沿阶而上,直通坛台。如今社坛上建有飞椽翘角的四方凉亭。社坛后植几棵樟树,樟树现高20多米,围经3米多,至今枝繁叶茂,生机盎然。侧有水埠,背靠大树,社坛被覆盖于绿叶浓荫之下。可见,立社不仅要封土为坛,而且还要植其土所宜之树,这种树也是社的标志。艾溪社为研究赣西北古代宗教、民俗、建筑等方面提供了实物证据,也是修水境内发现的非常罕见的民间社坛建筑标本。

从大路村11个社坛可以看到,18个村民小组中社坛的数量有所不同,一般为一个姓氏聚居的自然村以一个社坛为多数,但是出现两个社坛甚至三个社坛的村庄也不在少数,出现多个社坛的原因主要有三点:一、一个同姓村落里,因村落人数众多,一个社坛不便于祭祀,于是便分立多个社坛;二、一个村庄居住着不同姓氏的人群,由于没有共同的血缘关系,甚至因为居住时间的先后引发了一系列纠纷,所以导致不同姓氏修建了自己的社坛;三、因部分村民迁居他处形成新村而分立社坛。社坛的分化与否,在于村庄中不同人群(无论以房分还是以姓分)的关系能否正常运转。据当地道士介绍,大路佐桥社是该村的总社,村民每年都会到总社一同祭拜社坛公,意味着所有的人共同拥有同一种祭祀权利,承认同一块祭祀场所,这自然是合的表现。但是即使共同祭拜总社,并不能消弭人群内部的分散,不同姓氏房支的人们仍然要到分社去祭拜,表明自己不同于其他人群的身份和归属。

这些表征说明村落民居生活与社坛密切相关。

社坛祭祀,古有春社、秋社,即所谓"春祈秋报",尤以春社为盛。《义宁州志·风土志》载:二月"上戊祭社,乡众必会立石于众路之衢,题名里域,至日科钱祭之,谓之社日"。除社日祭祀外,有些人家若生了小孩,也会备祭品到社坛参拜,用红纸写上小孩的名字和生辰八字,粘贴于社神侧,认作契仔、契女,旧俗认为,契神明可以消灾解难,趋吉避凶,周年平安。若上年生了男丁的人家,更会在正月元宵到社坛参拜,在社坛挂上一盏纸扎方灯,以求神的庇荫。人死了,其家人也会备祭品到社坛报社,以示感恩土地对死者一生的恩赐,并乞求继续接纳逝者,以求入土为安。

关于清代义宁州祭社,《田家岁时记》载:"归鸿里及鸡鸭市常布置花街,张灯结彩,鼓乐娱神。各铺户所悬之灯,或为人物或为鱼鸟花果之类,制造奇巧,各坊社多放大花炮……""(八月初二)各坊人家市肆社坛祝神与二月初二同。"近数十年,农村祭社仪式已没以前那么隆重,但人们仍于平日炷香奉祀,节时则备酒食、香烛、纸帛以祭。特别是在农历二月初二及八月初二较重视,这两天相传是土地诞日,人们祭社祈求风调雨顺,祝祷丰年,人口平安。

出乎我们的想象,在古代,社日竟然是如此盛大而热闹的民间节日。唐宋时期,社日达到全盛状态,社日的欢愉成为唐宋社会富庶太平的标志。从众多唐宋文人的诗词中,我们在千年之后仍能感受到当时社日气氛的浓烈。社日是妇女的节日。在社日,勤劳的妇女有了难得的闲暇,在唐宋的社日习俗中,妇女应停下手中的活计,避免一切劳作,参与社祭活动。唐张籍《吴楚词》载:"今朝社日停针线,起向朱樱树下行。"社日,儿童亦兴高采烈,"太平处处是优场,社日儿童喜欲狂"(陆游《春社》)。陆游《秋赛》诗还描述了当时秋赛祭祀社公的盛况:"小巫屡舞大巫歌,士女拜祝肩相摩。芳茶绿酒进杂沓,长鱼大胾高嵯峨。"成年男子更是社日活动的主角,共祭社神,分享社酒、社肉,"春醪酒共饮,野老暮相哗"。社日是乡村的集体公共节日,家家参与,人人踊跃,诗人韩愈云"愿为同社人,鸡豚宴春秋",可见社日的吸引力。杜甫诗云:"田翁逼社日,邀我尝春酒。"除传统的社酒、社饭外,还有表演性与仪式性更强的"社会""社火"。唐王驾《社日》载:"桑柘影斜春社散,家家扶得醉人归。"社日醉酒,在唐宋时代成为乡村社会的一道风景。到了社日这天,各家献上自酿的社酒,在社树下聚饮共乐,一醉方休。正因为心里高兴,才不觉贪杯,而这种高兴又是与丰收的喜悦分不开的。王恽《平湖乐·尧庙秋社》有"社坛烟淡散林鸦,把酒观多稼"句,描写尧庙社日活动情景和社祭的场面,抒写作者为民谋福、与民同乐的志向,也展现了当地的民风民俗。

在社日时,民众集会,进行各种类型的表演,并集体欢宴,非常热闹。社日(春社、秋社)是村民每年两次的集体狂欢,他们不分男女老幼,一起饮酒、吃肉、醉嬉、鼓乐、歌舞。社日活动是一份珍贵的民俗文化遗产。

现在,"社日"这个中国古代传统的祭祀日几乎完全消失。现代人对"社日"已经非常陌生,几乎不知道"社日"是怎么回事。但是,汉语中有一个名词现在用得非常频繁——"社会"。在当今,"社会"是一个常用的固定名词词汇,"社会"这个具有政治色彩和现代色彩的词,无论是在人们的生活口语中,还是在书面语言中,都使用得非常频繁。然而,很多人却不知道,"社会"这个词就来源于中国古代传统的祭祀土地神的日子——"社日"。社日(春社、秋社)时,村民聚集在一起,逐渐形成一种节日性质的集会,称为"社会"。这就是"社会"这一名词的来历。"社会"的继续发展,就出现了中国民间很受欢迎的"庙会"。

"社日"这个节日,体现了中华先民对土地的崇敬与膜拜,也体现了中国古代"天人合一"的思想。土地是人类的衣食之源、生命之源,土地养活了人类。因此,人类应当对土地有感恩、崇敬之情。当今,在环境危机加剧、环境污染加剧的今天,人类更应该珍爱土地、保护土地、膜拜土地、敬爱自然,与自然界和谐相处。因此,我们可以考虑恢复中国古代传统的祭祀土地的日子——"社日"(春社、秋社)。